[丛书]

闲吟集

XIANYINJI

◎ 邓孟忠 著

中国书籍出版社
China Book Press

图书在版编目（CIP）数据

闲吟集 / 邓孟忠著. -- 北京：中国书籍出版社，2023.9
（黄河诗阵丛书）
ISBN 978-7-5068-9594-1

Ⅰ. ①闲… Ⅱ. ①邓… Ⅲ. ①诗集－中国－当代 Ⅳ. ①I227

中国国家版本馆 CIP 数据核字（2023）第 179963 号

闲 吟 集

邓孟忠　著

责任编辑	王志刚
责任印制	孙马飞　马 芝
封面设计	李中安
出版发行	中国书籍出版社
地　　址	北京市丰台区三路居路 97 号（邮编：100073）
电　　话	（010）52257143（总编室）　（010）52257140（发行部）
电子邮箱	eo@chinabp.com.cn
经　　销	全国新华书店
印　　刷	兰州银声印务有限公司
开　　本	787 毫米×1092 毫米　1/16
字　　数	2223 千字
印　　张	193.5
版　　次	2023 年 9 月第 1 版　2023 年 9 月第 1 次印刷
书　　号	ISBN 978-7-5068-9594-1
定　　价	480.00 元（全10册）

版权所有　翻印必究

总序

张平生

万古黄河，导夫昆仑之麓，通乎星宿之源；迢迢九派，落落千秋，珠怀龙啸，风流环宇。晴光淑气，倩诗家椽笔，情抒黄河，绮霞浮彩。伴着滔滔河声，闻着浓郁果香，《黄河诗阵丛书》即将付梓。

结社黄河，诗朋荟萃，以诗成阵。为贯彻落实习近平总书记关于黄河流域生态保护和高质量发展重要论述精神，深入挖掘黄河文化蕴含的时代价值，讲黄河故事，延续历史文脉，坚定文化自信，为实现中华民族伟大复兴的中国梦凝聚精神力量，用中华诗词之妙笔，奏响"黄河大合唱"的时代强音。

黄河，是中华民族的母亲河。九曲黄河，奔腾向前，以百折不挠的磅礴气势，塑造了中华民族自强不息的民族品格，是中华民族坚定文化自信的重要根基，是中华文化的重要元素。上善若水，文明与河流是密切相关的。世界上最大的文明产生地都与河流密切相关。黄河在我国流经九省区，全长5464公里，流域面积约752443平方公里。早在上古时期，炎黄二帝的传说就产生于黄河流域。在我国五千多年文明史上，黄河流域有三千多年是全国政治、经济、文化中心，它孕育了河湟文化、河洛文化、关中文化、三晋文化、齐鲁文化等，诞生了"四大发明"和《诗经》《老子》《史记》等经典著作，留下了无与伦比的文化积淀。

中华民族自古以来是诗的国度、诗的沃土，从"蒹葭苍苍，白露为霜"，到"大漠孤烟，长河落日"；从"雄关漫道"，到"六盘山上高峰"，长城迤逦，雄关巍峨，"西北有高楼"，阳关多故人。千百年间，对黄河之赞美，咏潮迭起，佳作浩繁，蔚为大观。黄河落天走东海，万里写入胸怀间。在黄河涛声孕育之中，千百年来留下无数荡气回肠的诗篇。神州诗人兴起，四海词骚蔚然。《黄河诗阵丛书》挟时代浪潮，深情讴歌黄河文化蕴含的时代价值，为黄河流域生态文明建设和高质量发展助力。吟肩结阵，鸾凤和鸣；结社耕耘，风雅颂扬；登坛贡赋，珍珠万斛。沉潜韵海，多发清越之声；寄意风韵，更赋壮遒之词。

编辑出版《黄河诗阵丛书》，以古典诗、词、曲、赋、联的形式，大视域、全流域反映黄河自然、人文特色，谱写出新时代人民治黄事业的全新篇章，影响必将遍及黄河流域，并辐射至神州大地甚至海外。万首高吟兮堪入画图，百年佳景恰逢金秋。这不仅是黄河文化建设者的骄傲，更是黄河文化在当代继承发扬光大的重要标志。

弘扬黄河精神，传承黄河文化，讲述黄河故事，反映黄河新声。以诗词讴歌中华民族治黄事业的历史新境界，谱写黄河在中华民族发展新时代的辉煌乐章，是保护、传承、弘扬黄河文化的重要举措。回望万古黄河，壮美磅礴是民族品格；平视当今世界，百折不挠是华夏写照。华夏子孙对黄河的感情，正如胎记一般地不可磨灭。

诗自芳春连暮雪，友从青藏到东营。乾坤四季，万里疆域，无不充盈诗情画意，友情祝愿。"逝者如斯夫，不舍昼夜。"万古黄河静静流淌，以《诗经》无邪之音，高唱中华文化之博大精深，阳刚正气。诗人词家之脉搏，同母亲河之脉搏一起跳动，那是绵延不断的民族颂歌。中华民族秉黄河精神，奋斗不息，意气风发。诗家当有大情怀，珍惜人生，牢记初心。抑工部之高节，抒青莲之胸臆，咏盛世之辉煌，颂人间之美好。五千里外沧桑，九转峰头岁月。歌随波涛涌，诗流日月边。吟啸一曲，黄河梦远。此时无限意，再逐雨花天。

"龙文百斛鼎，笔力可独扛"，千古江山还要文心滋养。"没有优秀历史传统，没有民族人文精神，一个国家、一个民族，不打就垮。"这就是文化的力量。无论阳春白雪，抑或下里巴人，诗人们挺直脊梁，尽管身如草芥，仍然傲立于天地间，"苔花如米小,也学牡丹开"。仰观俯察，吐曜含章，把一腔情怀付诸笔端，发言为文为诗，不仅为人民群众留下了温润心灵、启迪心智、喜闻乐见的优秀作品，还彰显了中华传统文化的魅力，极大丰富、不断拓展着传统文化艺术的内涵。更让自然风光与诗文合璧，光华霁月与诗心交融，是诗人之幸，山川之幸，更是中华文化之幸。

"雄关漫道真如铁，而今迈步从头越。"今天，中华民族正在迎来从站起来、富起来到强起来的伟大飞跃。在这样一个全新的时代，诗歌担负的历史使命不言而喻，为诗歌开辟的创作空间更加广阔。"文章合为时而著，歌诗合为事而作"。鲁迅曾说："无尽的远方，无数的人们，都与我有关。"幸逢中华民族伟大复兴的新时代，正期待着诗人们襟怀云水，兰台展卷，搜句裁章。弘扬主旋律，凝聚正能量，歌颂祖国，礼赞英雄，放歌新时代，咏颂真善美。

是为序。

目录

2022年　词43首，诗6首

临江仙·元　旦 …………………………………… 001

汉宫春·听马友友 ………………………………… 002

渔家傲·腊八节 …………………………………… 003

满庭芳·咏李白 …………………………………… 004

浣溪沙·寒雨新春 ………………………………… 005

踏莎行·立春逢冬奥会 …………………………… 006

行香子·观赏北京冬奥会 ………………………… 007

南乡子·雨水感怀 ………………………………… 008

桂枝香·赋深圳湾 ………………………………… 009

定风波·《人世间》观后 ………………………… 010

破阵子·观俄乌战事 ……………………………… 011

鹧鸪天·三　月 …………………………………… 012

南歌子·苦乐少年 ………………………………… 013

念奴娇·黄崖关长城 ……………………………… 014

南歌子·清明节 …………………………………… 015

南乡子·桂林·晚晴	016
南乡子·逢世界读书日	017
临江仙·致沪上友人	018
蝶恋花·青年节随想	019
桂枝香·木星遐想	020
浣溪沙·清远马头山	021
水龙吟·游古龙峡	022
苏幕遮·端午随想	023
汉宫春·端午潮州	024
浣溪沙·龙舟雨	025
水调歌头·读《岐下庐诗文稿》	026
太常引·巽寮湾夕阳	027
南歌子·香港回归25周年寄怀	028
临江仙·喜相逢	029
清平乐·大暑感怀	030
菩萨蛮·感　时	031
木兰花令·中元节	032
江城子·齐齐哈尔印象	033
水调歌头·合川钓鱼城	034
西江月·盘　山	035
风入松·连州闻刘郎	036
风入松·上南粤第一峰	037
踏莎行·连州地下河	038
江城子·湟川三峡	039

鹧鸪天·南岗千年瑶寨 ………………………………………… 040
菩萨蛮·观卡塔尔世界杯 ……………………………………… 041
临江仙·悼江泽民同志 ………………………………………… 042
沁园春·走河源 ………………………………………………… 043
七律·贺友人生日 ……………………………………………… 044
七律·酬晓帆致谢诗 …………………………………………… 045
七律·听友人讲赵一曼 ………………………………………… 046
七律·赤湾古炮台 ……………………………………………… 047
七律·自　勉 …………………………………………………… 048
七律·即　日 …………………………………………………… 049

2021年　词44首，诗2首

木兰花令·拜读《海平吟草》 ………………………………… 050
踏莎行·赠熙远 ………………………………………………… 051
浣溪沙·记　梦 ………………………………………………… 052
南乡子·春夜喜雨 ……………………………………………… 053
临江仙·"雨水"随想 ………………………………………… 054
贺新郎·听柴可夫斯基《第一钢琴协奏曲》 ………………… 055
江城子·梅沙观海 ……………………………………………… 056
踏莎行·观2021深圳花展 ……………………………………… 057
望海潮·咏南头古城 …………………………………………… 058
采桑子·辛丑清明 ……………………………………………… 059
满庭芳·龙脊梯田 ……………………………………………… 060

破阵子·访李宗仁故居 …………………………… 061

太常引·访白崇禧故居 …………………………… 062

临江仙·参观湘江战役纪念馆 …………………… 063

浣溪沙·洞天酒海 ………………………………… 064

好事近·雨中过越城岭 …………………………… 065

浪淘沙·重游壶口瀑布 …………………………… 066

满江红·咏骊山烽火台 …………………………… 067

千秋岁·谒黄帝陵 ………………………………… 068

念奴娇·登西安城墙 ……………………………… 069

渔家傲·咏延安 …………………………………… 070

鹧鸪天·致老胡 …………………………………… 071

临江仙·谒乾陵 …………………………………… 072

菩萨蛮·叹兵马俑 ………………………………… 073

踏莎行·游西安碑林 ……………………………… 074

木兰花令·观赏东京奥运会开幕式 ……………… 075

木兰花令·咏中国女排 …………………………… 076

鹧鸪天·观赏凡·高油画 ………………………… 077

苏幕遮·游大雁塔 ………………………………… 078

浣溪沙·读杜牧 …………………………………… 079

木兰花令·游巽寮湾 ……………………………… 080

蝶恋花·教师节述怀 ……………………………… 081

苏幕遮·参观黄埔军校旧址 ……………………… 082

清平乐·记　梦 …………………………………… 083

破阵子·观赏米开朗基罗《创世纪》…………… 084

浪淘沙·银川秋色 ………………………………… 085

水调歌头·沙坡头读王维 ………………………… 086

行香子·游沙湖 …………………………………… 087

南歌子·观赏贺兰山岩画 ………………………… 088

水龙吟·赋水洞沟 ………………………………… 089

生查子·感　时 …………………………………… 090

青玉案·西部影城 ………………………………… 091

生查子·冬　至 …………………………………… 092

八声甘州·谒西夏陵 ……………………………… 093

七律·致炳庚兄 …………………………………… 094

七绝·步晓帆韵以谢 ……………………………… 095

2020年　词51首，诗3首

菩萨蛮·谒乐山大佛 ……………………………… 096

满江红·访三苏祠 ………………………………… 097

木兰花令·印象石柱 ……………………………… 098

虞美人·贺友人新著 ……………………………… 099

鹧鸪天·己亥除夕感怀 …………………………… 100

一剪梅·重庆两江夜游 …………………………… 101

蝶恋花·重游成都 ………………………………… 102

破阵子·听《马刀舞曲》 ………………………… 103

满庭芳·听贝多芬《第九交响曲》 ……………… 104

临江仙·二月二龙抬头 …………………………… 105

南歌子·迎惊蛰 …………………………… 106
念奴娇·听贝多芬《第五交响曲》………… 107
西江月·忆初游庐山 ……………………… 108
青玉案·故乡三月三 ……………………… 109
行香子·罗浮山 …………………………… 110
贺新郎·听贝多芬《第六交响曲》………… 111
踏莎行·欣闻《刘三姐》唱响国家大剧院 … 112
永遇乐·读苏东坡惠州诗 ………………… 113
渔家傲·读挺南兄《父母亲的故事》……… 114
西江月·次韵育毅友 ……………………… 115
破阵子·观赏《阿南画廊》………………… 116
西江月·醉蝴蝶 …………………………… 117
苏幕遮·黉门昳 …………………………… 118
南歌子·致敬恩师 ………………………… 119
千秋岁·厦门鼓浪屿 ……………………… 120
破阵子·龙舟水 …………………………… 121
鹧鸪天·感　时 …………………………… 122
苏幕遮·端　午 …………………………… 123
西江月·致美昌友 ………………………… 124
浪淘沙·《荒岛余生》观后 ………………… 125
破阵子·贺"天问一号"发射成功 ………… 126
蝶恋花·听肖邦 …………………………… 127
苏幕遮·雨中游鹿嘴山庄 ………………… 128
桂枝香·听贝多芬《月光》………………… 129

渔家傲·酬友人赠《紫烟寮诗笺》 …………………………… 130

水调歌头·咏《鹊华秋色图》 ……………………………… 131

鹧鸪天·读李音《钢琴城事》 ……………………………… 132

木兰花令·喜看钟南山等获表彰 …………………………… 133

菩萨蛮·咏"一箭九星"海上发射成功 …………………… 134

南乡子·罗浮山 ……………………………………………… 135

踏莎行·合江楼 ……………………………………………… 136

菩萨蛮·贺深圳经济特区建立40周年 …………………… 137

望海潮·游黄山 ……………………………………………… 138

浣溪沙·呈　坎 ……………………………………………… 139

浣溪沙·宏　村 ……………………………………………… 140

浣溪沙·西　递 ……………………………………………… 141

临江仙·九华山 ……………………………………………… 142

蝶恋花·篁岭晒秋 …………………………………………… 143

渔家傲·读雨果诗选 ………………………………………… 144

洞仙歌·读泰戈尔诗选 ……………………………………… 145

渔家傲·赠德明兄 …………………………………………… 146

七律·访林则徐故居 ………………………………………… 147

七绝·喜炳庚蝉声文 ………………………………………… 148

五律·酬晓帆致谢诗 ………………………………………… 149

2019年　词43首

渔家傲·嫦娥四号登月 ……………………………………… 150

水调歌头·读李贺 …… 151
木兰花令·大　寒 …… 152
定风波·读普希金 …… 153
南歌子·立春·除夕 …… 154
菩萨蛮·观赏《流浪地球》…… 155
木兰花令·《中国诗词大会》观感 …… 156
行香子·游荔枝湾 …… 157
浪淘沙·广州沙面 …… 158
踏莎行·珠江夜游 …… 159
浪淘沙·特洛伊遗址 …… 160
木兰花令·热气球之旅 …… 161
临江仙·游塞尔维亚 …… 162
水调歌头·博斯普鲁斯海峡 …… 163
洞仙歌·读周有光《拾贝集》…… 164
望海潮·咏山海关 …… 165
渔家傲·秦皇岛 …… 166
水调歌头·雨中游避暑山庄 …… 167
南乡子·海河夜游 …… 168
鹧鸪天·石家大院 …… 169
蝶恋花·洪湖赏荷 …… 170
满江红·读梁启超 …… 171
西江月·叶挺故居 …… 172
踏莎行·游大容山 …… 173
南歌子·台风"韦帕"过后 …… 174

鹧鸪天·港岛烟尘 …………………………………… 175

水龙吟·读王安石 …………………………………… 176

木兰花令·深圳感怀 ………………………………… 177

浣溪沙·己亥处暑 …………………………………… 178

定风波·重读文天祥正气歌 ………………………… 179

临江仙·送我上青云 ………………………………… 180

阮郎归·教师节感怀 ………………………………… 181

八声甘州·听"九·一八"警报声 ………………… 182

虞美人·读龚自珍 …………………………………… 183

行香子·随沈从文湘西行 …………………………… 184

渔家傲·赠友人 ……………………………………… 185

虞美人·和育毅重阳词 ……………………………… 186

浪淘沙·布达佩斯 …………………………………… 187

踏莎行·巴拉顿湖 …………………………………… 188

太常引·维也纳 ……………………………………… 189

一剪梅·布拉格 ……………………………………… 190

满庭芳·程阳风雨桥 ………………………………… 191

南乡子·过梧州 ……………………………………… 192

2018年　词42首，诗1首

水龙吟·读范仲淹 …………………………………… 193

采桑子·甘坑小镇 …………………………………… 194

渔家傲·丁酉岁暮感怀 ……………………………… 195

少年游·贺友人履新 …………………………………… 196
望江南·故乡游 ……………………………………… 197
南歌子·澄江夜景 …………………………………… 198
蝶恋花·鹏城元宵 …………………………………… 199
蝶恋花·腾冲春景 …………………………………… 200
临江仙·瞻仰腾冲国殇墓园 ………………………… 201
江城子·游大观楼 …………………………………… 202
南乡子·咏桂平西山 ………………………………… 203
浪淘沙·过金田 ……………………………………… 204
太常引·德天瀑布 …………………………………… 205
贺新郎·合浦东坡亭读苏东坡 ……………………… 206
好事近·感　怀 ……………………………………… 207
卜算子·重到好莱坞 ………………………………… 208
木兰花令·黄石公园 ………………………………… 209
浪淘沙·羚羊彩穴 …………………………………… 210
好事近·科罗拉多大峡谷 …………………………… 211
菩萨蛮·尼亚加拉大瀑布 …………………………… 212
踏莎行·小　暑 ……………………………………… 213
临江仙·师生缘 ……………………………………… 214
浣溪沙·重读李商隐 ………………………………… 215
点绛唇·走梅沙 ……………………………………… 216
蝶恋花·观赏《朗读者·故乡》 …………………… 217
浪淘沙·观赏苏炳添亚运夺冠 ……………………… 218
水调歌头·读《诗经》 ……………………………… 219

诉衷情·游金沙湾 …………………………………… 220

菩萨蛮·台风"山竹"来袭 ……………………… 221

踏莎行·大连棒槌岛 ……………………………… 222

永遇乐·肇庆七星岩 ……………………………… 223

江城子·端州阅江楼 ……………………………… 224

阮郎归·横州游 …………………………………… 225

鹧鸪天·都峤山 …………………………………… 226

清平乐·鼎湖山 …………………………………… 227

定风波·旅顺口 …………………………………… 228

渔家傲·读《老人与海》 ………………………… 229

八声甘州·咏昆仑关 ……………………………… 230

木兰花令·涠洲岛 ………………………………… 231

临江仙·读杜甫 …………………………………… 232

南乡子·游南海 …………………………………… 233

贺新郎·戊戌回眸 ………………………………… 234

七律·次韵晓帆伉俪 ……………………………… 235

2017年　词33首

少年游·惠东赏梅 ………………………………… 236

洞仙歌·瞻仰中山纪念堂 ………………………… 237

江城子·凤凰古村行 ……………………………… 238

南歌子·南头古城 ………………………………… 239

临江仙·观音山 …………………………………… 240

青玉案·岚山瞻仰周恩来诗碑 ………………………… 241
西江月·雪中游奈良 ……………………………………… 242
木兰花令·富士山 ………………………………………… 243
蝶恋花·苏　堤 …………………………………………… 244
水龙吟·咏湘湖 …………………………………………… 245
菩萨蛮·杭州飞来峰 ……………………………………… 246
采桑子·杭州筑梦小镇 …………………………………… 247
木兰花令·南社古村 ……………………………………… 248
渔家傲·南岳衡山 ………………………………………… 249
满江红·石鼓书院 ………………………………………… 250
诉衷情·参观衡阳保卫战纪念馆 ………………………… 251
八声甘州·游敦煌 ………………………………………… 252
诉衷情·月牙泉 …………………………………………… 253
贺新郎·咏嘉峪关 ………………………………………… 254
浪淘沙·长城第一墩 ……………………………………… 255
青玉案·回宜州 …………………………………………… 256
西江月·游圣彼得堡 ……………………………………… 257
太常引·莫斯科红场 ……………………………………… 258
定风波·谢尔盖耶夫小镇 ………………………………… 259
沁园春·咏辛弃疾 ………………………………………… 260
鹧鸪天·读《洛神赋》 …………………………………… 261
鹧鸪天·赠曹郎 …………………………………………… 262
南乡子·重读陆游 ………………………………………… 263
菩萨蛮·从深圳到基督城 ………………………………… 264

清平乐·樱　花 ··· 265
行香子·望星空 ··· 266
西江月·过白水寨 ······································· 267
南乡子·观赏《芳华》 ··································· 268

2016年　词34首

水调歌头·观赏炳章兄摄影作品 ························· 269
浪淘沙·沙角炮台 ······································· 270
虞美人·观赏"古代、近代深圳展" ······················ 271
蝶恋花·元　宵 ··· 272
踏莎行·珠江源 ··· 273
江城子·真武阁 ··· 274
望海潮·咏大理 ··· 275
踏莎行·古田会议旧址 ··································· 276
蝶恋花·长汀行 ··· 277
采桑子·永定土楼 ······································· 278
千秋岁·咏瞿秋白 ······································· 279
念奴娇·雅典卫城 ······································· 280
菩萨蛮·罗马斗兽场 ····································· 281
蝶恋花·威尼斯 ··· 282
满江红·佛罗伦萨 ······································· 283
沁园春·读欧阳修 ······································· 284
西江月·观赏里约奥运会开幕式 ························· 285

渔家傲·观女排里约奥运会夺冠 …………………… 286
南乡子·观黄宾虹书画展 ………………………… 287
沁园春·华南第一峰 ……………………………… 288
南歌子·游遇龙河 ………………………………… 289
鹧鸪天·龙潭古寨 ………………………………… 290
行香子·观赏《印象刘三姐》 …………………… 291
青玉案·致建生兄 ………………………………… 292
千秋岁·读白居易 ………………………………… 293
浣溪沙·西樵山 …………………………………… 294
南乡子·佛　山 …………………………………… 295
渔家傲·访李济深故居 …………………………… 296
南乡子·咏柳江 …………………………………… 297
浣溪沙·咏合浦 …………………………………… 298
菩萨蛮·南海1号 ………………………………… 299
蝶恋花·游巴厘岛 ………………………………… 300
浣溪沙·鼓　岭 …………………………………… 301
贺新郎·游三坊七巷 ……………………………… 302

2015年　词20首

南歌子·金秀印象 ………………………………… 303
南乡子·游西双版纳 ……………………………… 304
八声甘州·赋大鹏所城 …………………………… 305
鹧鸪天·东莞可园 ………………………………… 306

洞仙歌·读李清照 ····· 307
蝶恋花·连南瑶寨 ····· 308
满江红·神农架 ····· 309
少年游·上欧洲 ····· 310
南歌子·诺贝尔故居 ····· 311
少年游·游安徒生故居 ····· 312
鹊桥仙·土家女儿会 ····· 313
西江月·贺安思颖画展 ····· 314
西江月·游恩施大峡谷 ····· 315
卜算子·读杜牧 ····· 316
洞仙歌·柳侯公园咏柳宗元 ····· 317
念奴娇·咏杜甫 ····· 318
一剪梅·胡雪岩故居 ····· 319
鹧鸪天·游乌镇 ····· 320
浪淘沙·读文天祥正气歌 ····· 321
满庭芳·越秀山 ····· 322

2014年　词14首

临江仙·橘子洲头 ····· 323
浣溪沙·观澜版画村 ····· 324
临江仙·致纯梓兄 ····· 325
南歌子·花山岩画 ····· 326
水调歌头·登睦南关 ····· 327

青玉案·致兵团友 …………………… 328

八声甘州·交河故城 …………………… 329

定风波·天山天池 …………………… 330

沁园春·读陶渊明 …………………… 331

千秋岁·读曹操 …………………… 332

青玉案·读《诸葛亮传》 …………………… 333

行香子·德明兄圆梦教育 …………………… 334

浣溪沙·为退休作 …………………… 335

渔家傲·基诺山寨 …………………… 336

2013年　词6首

千秋岁·读《离骚》 …………………… 337

渔家傲·高第堂 …………………… 338

满江红·咏灵渠 …………………… 339

一剪梅·读柳永 …………………… 340

满江红·游华山 …………………… 341

满庭芳·赋高第堂 …………………… 342

篇目索引 …………………… 343

2022年　词43首，诗6首

临江仙·元　旦

日暖风轻新岁至，南山一片祥云。满城景色胜阳春。谁家枝上燕，声调叩窗门。

问讯八方情意切，年华诗酒天真。休言尘事五洲浑。湾区不寂寞，多少弄潮人。

注：①作于2002年元旦。
②湾区，即粤港澳大湾区。

汉宫春·听马友友

　　魔指神弦，引高山流水，空谷涛声。五洲回荡，乐池宫阙逢迎。多姿四季，更几番，雾重风轻。谁料想，藏龙卧虎，砯崖转石雷鸣。

　　犹似峨眉峰下，正蜀僧挽手，遗响云凝。桓伊醉来三弄，百世闻名。宫商徵羽，但随人，诗酒平生。听友友，三回五遍，庄生蝶舞盈盈。

注：①作于2022年1月6日。
②马友友，著名美籍华裔大提琴演奏家，其演奏的《天堂电影院》《卧虎藏龙》《四季》《天鹅》等，深受欢迎。
③石，古入声字，仄声。
④宫商徵羽，即宫商角徵羽，我国古代五声音阶。

渔家傲·腊八节

腊八鹏城风物朗,纷纷北雁晴滩飨。忽报妖风天外降,掀恶浪。惊风红树滩头望。

众志成城防疬瘴,仙家犹唤金箍棒。病树前头春荡漾,休惆怅。佛粥三碗情思壮。

注:①作于 2022 年 1 月 10 日,是日农历腊八节。
②粥,古入声字,用今音。

满庭芳·咏李白

　　五岳寻仙，三江戏水，几番来去翩翩。岂堪权贵，斗酒酿诗篇。昔日豪情万丈，抚长剑，回望秦川。君不见，圣贤寂寞，饮者代相传。

　　庐山。观瀑布，飞流直下，激荡青烟。对天门中断，碧水孤帆。把盏相邀明月，诗吟处，动地惊天。乘舟去，何辞远近，君性本谪仙。

注：①作于 2022 年 1 月 20 日。
②李白（701—762 年），字太白，唐代伟大诗人。贺知章称李白"此天上谪仙人也"。
③谪，古入声字，用今音。

浣溪沙·寒雨新春

寒雨惊风竞闹春，羊台云暗石岩皴。醒狮鼓乐未听闻。
大小灯笼悬日夜，千家腊酒对门神。亦真亦幻一乾坤。

注：①作于2022年2月3日，年初三。
②羊台，即羊台山，位于深圳市中部。石岩，即石岩镇，位于羊台山北侧。
③石、一，古入声字，仄声。

踏莎行·立春逢冬奥会

楼宇辉煌，星空澄澈。京华夜色轩辕设。五环偏向立春来，深冬盛会怡冰雪。

四海欢歌，八方豪杰。同迎圣火千般切。礼花熠熠照无眠，燕山奇迹从头阅。

注：①作于 2022 年 2 月 5 日。

②第 24 届冬季奥运会于 2022 年 2 月 4 日晚在北京举行，举国欢呼，全球瞩目。是日正值立春，开幕式上浓浓的中国元素，闪亮的高科技含量，赢得了中外高度赞誉。

行香子·观赏北京冬奥会

燕舞山巅,虎跃冰川。更三番,飞箭离弦。蜂萦蝶戏,仙态神颜。正黄衣呼、红衣乐、绿衣旋。

五洲相会,圣火情牵。竞高低,同铸新篇。威扬燕地,辉映长天。笑南风缓、西风烈、北风寒。

注:①作于2022年2月11日。北京冬奥会,2022年2月4日开幕,赛事分别于北京、延庆、张家口等赛区举行。

②燕地,北京一带,古为燕赵之地。

南乡子·雨水感怀

　　雨水岭南寒。云重天垂万木残。锦瑟庄生来醉里，无眠。遥望香江暮色间。

　　屈指已三年。浊浪惊风世事艰。且倩春风八万里，回还。绿遍江南五岳欢。

注：①作于2022年2月20日。昨日进入雨水节气。
②八，古入声字，用今音。

桂枝香·赋深圳湾

　　天高水阔。正缕缕春风，淡妆浓抹。红树绵绵十里，劲拔蓬勃。纤尘斜照微澜处，看群鸥，上下轻脱。一桥飞架，凌波回首，万千鲜活。

　　漫吟咏，天工定夺。对四十年轮，鹏城传说。王谢堂前旧燕，似曾旋斡。南山得意红霞起，更梧桐，云里睡佛。小湾又是，春潮涌动，闪珠飞沫。

注：①作于2022年2月25日。
②红树，即深圳湾红树林。每年冬季，都有数十万只珍稀禽鸟自北方来到深圳湾红树林越冬觅食。
③一桥，即深圳湾大桥，连接深圳南山与香港元朗。
④梧桐，即梧桐山，深圳最高山峰。

定风波·《人世间》观后

　　花谢花开几十回，人间苦乐但相随。白首童颜皆趣事，当记。周家儿女是还非。

　　巷陌崎岖天地在，休怪。一蓑烟雨对斜晖。若问真情长几许，无虑。咸阳游侠少年归。

注：①作于2022年3月3日。
《人世间》，中央电视台于2022年春节前后播放的一部电视连续剧，讲述周家儿女自20世纪60年代末至21世纪初的生活和命运，反映了社会的巨大发展和深刻变迁。
②十、侠，古入声字，仄声。

破阵子·观俄乌战事

炮火城头郊外，枪声河畔林间。血色残冬惊黑海，料峭初春暗半天。凋零万木寒。

只道相依几代，一朝交恶堪怜。旗帜三番勤变幻，沃土千顷愧故贤。是非各自喧。

注：①作于2022年3月11日。

俄乌战事自2月24日开始，至今已半个月，仍在进行中，是非曲直，胜负成败，难以意料，故作此。

②乌克兰国土百分之九十是平原，土地肥沃，有"欧洲粮仓"之称。

鹧鸪天·三 月

日染梧桐五色浓,云翻南海唤东风。早莺忽报声声紧,街巷频传人迹空。

天地事,且从容。大鹏展翅势无穷。闲来若看俄乌战,但辨东西南北中。

注:①作于2022年3月19日。

②庄子:"鲲之大,不知其几千里也。化而为鸟,其名为鹏。鹏之背,不知其几千里也。怒而飞,其翼若垂天之云。"(《逍遥游》)

③忽,古入声字,仄声。

南歌子·苦乐少年

陋巷喧晨雾，荒郊逐暮鸦。星光触处便为家。休怪当年佛祖、去天涯。

只为红颜梦，缘何万众夸。点金石块一尘沙。自信无心插柳、柳荫佳。

注：①作于 2022 年 3 月 24 日，观看电影《贫民窟的百万富翁》后。

《贫民窟的百万富翁》讲述印度一贫民窟少年贾马尔为了找到已经失去音信的心爱的女孩，上电视节目《百万富翁》，竟顺利地回答了主持人提出的各种问题，成为百万富翁，同时也找到了那位女友。影片巧妙地穿插叙述了贾马尔和他的贫民窟小朋友们的苦乐生活。

②佛祖，即释迦牟尼，古印度人。

③泰戈尔（印度著名诗人）："有一天我曾在这河岸上，拾到一块点金石……婆罗门一边说着一边把点金石，扔在耶摩那河水里。"（《点金石》）

④一，古入声字，仄声。

念奴娇·黄崖关长城

曳云迎日，看黄崖故垒，春风初绿。西揽太行三百里，翠影迭光追逐。点将台前，凤凰楼上，兵马当年酷。瓮城挥手，古关岩立山复。

曾对鼙鼓喧天，长安动魄，安史成卑辱。当是戚家旗帜在，燕赵风光长续。独乐难逢，太平有道，玄武频相嘱。漫行八卦，似闻洵水新曲。

注：①作于 2022 年 4 月 2 日。

黄崖关长城，位于天津市蓟州区北部，始建于北齐天保七年（556）。蓟州，古又为渔阳。点将台、凤凰楼、八卦街，均为黄崖关建筑。

②唐代安禄山（703—757）曾于黄崖关驻扎精兵。杜甫："禄山北筑雄武城，旧防败走归其营。"（《渔阳》）天宝十四年（755），安禄山、史思明起兵叛乱，唐朝从此由盛而衰。白居易："渔阳鼙鼓动地来，惊破霓裳羽衣曲"（《长恨歌》）

③明代戚继光曾任蓟州镇守，在蓟 16 年。

④独乐，即独乐寺。太平，即太平寨。均位于黄崖关附近。

⑤八，古入声字，用今音。

南歌子·清明节

不见纷纷雨,欣闻细细风。清明节里艳阳逢。万户千家祭祖、酒茶浓。

九代瑶山下,三朝郁水中。深深足迹未消融。只道亲情犹是、古今通。

注:作于 2022 年 4 月 5 日,清明节。

南乡子·桂林·晚晴

又向桂林行。一曲人间重晚晴。高阁小窗闲四月,风轻。漓水悠悠独秀迎。

天意几人明?世事纷繁未自惊。万里归来寻旧梦,书亭。咫尺依然是七星。

注:①作于2022年4月14日,读李商隐《晚晴》后。《晚晴》系李商隐在桂林幕府时所作。

李商隐:"深居俯夹城,春去夏犹清。天意怜幽草,人间重晚晴。并添高阁迥,微注小窗明。越鸟巢干后,归飞体更轻。"(《晚晴》)。

②独、七,古入声字,仄声。

南乡子·逢世界读书日

甲子一回还。过眼诗书可载船。域外风情唐宋事，绵绵。任我窗前月下观。

未作有涯怜。偏向无涯探九天。醉里栩然蝴蝶梦，翩翩。自信人生二百年。

注：①作于2022年4月23日，世界读书日。
②庄子："吾生也有涯，而知也无涯，以有涯随无涯，殆已。"（《养生主》）"昔者庄周梦为蝴蝶，栩栩然蝴蝶也。自喻适志与。不知周也。"（《齐物论》）
③一、蝶，古入声字，仄声。

临江仙·致沪上友人

黄浦江边惊四月,妖风淫雨交加。魔都一夜暗芳华。豫园忽寂寞,亭阁滞尘沙。

三五友人频问候,隔空陈酒新茶。相期来日赏蒹葭。外滩妩媚处,把盏渺天涯。

注:①作于 2022 年 4 月 30 日。
②豫园,上海一著名景区,始建于明嘉靖年间。
③忽,古入声字,用今音。

蝶恋花·青年节随想

浓绿轻风来五月。谷雨匆匆,又是青年节。一曲清歌腾热血,少年意气云天接。

水复山重情切切。万里归来,犹道天山雪。苍鬓朱颜同一阕,廉颇公瑾皆豪杰。

注:作于 2022 年 5 月 4 日,是日青年节,恰逢谷雨季节的最后一天。

桂枝香·木星遐想

读叔本华。叔本华用水、金、火、木、土诸星分别比喻人生少年、青年、壮年、老年等时期，颇有趣。感其意而作此词。

天涯咫尺。自冷浸清光，旋绕红日。黄道年年走过，旧痕新迹。天琴猎犬遥相对，又迢迢、凤凰朝夕。几家观望，几人遐想，画图编织。

一周天，何来缓急？历万代千年，未作歇息。五帝三皇应念，阁台云霓。谪仙把盏闲吟处，正声声、激荡冰壁。莫惊朱雀，银潢是处，酒醇茶碧。

注：①作于2022年5月12日。

木星，太阳系九大行星之一，其体积和质量均大于其他八大行星的总和。

②叔本华，即亚瑟·叔本华（1788—1860），德国哲学家。叔本华认为，一个人年届50岁后，木星对其产生主要影响，是人生的巅峰时期。

③黄道，即地球上的人看太阳于一年中在恒星间走过的视路径。木星的公转周期为11.86年。我国古代观察木星每年在黄道带运行一宫，12年一周天（木星的公转周期）。

④天琴、猎犬、凤凰，均为星座名。朱雀，我国古代神话中的南方之神。银潢，即银河。

浣溪沙·清远马头山

　　翠壁红崖未染尘，石梯悬索对祥云。马头恰似四方神。

　　极目北江流日夜，骋怀南岭复雄浑。一山景致一山春。

注：①作于 2022 年 5 月 22 日。
清远，即广东省清远市。马头山与清远市区遥遥相望，属丹霞地貌。
②南岭，湘、赣、粤、桂之间群山。清远市地处南岭与珠江三角洲的过渡带上。
③石、极、一，古入声字，仄声。

水龙吟·游古龙峡

　　古龙佳境重重，奇峰幽壑南天转。千寻瀑布，白虹乍起，碧云舒卷。溪水湍湍，跳珠倒溅，穿石顾盼。又深林古木，羞花醉蔓，东坡对，诗情展。

　　游客从容往返。挽春风，烟霞相伴。石梯上下，长桥漫步，等闲疏懒。水上歌声，空中笑语，高低浓淡。放青崖白鹿，谪仙应是，此间长叹。

注：①作于2022年5月27日。
古龙峡，广东省清远市一著名旅游景区。
②苏东坡当年贬谪惠州，途经清远，曾写下《清远舟中寄耘老》等诗篇。

苏幕遮·端午随想

九州传，千古记。一介孤臣，沅水湘山祭。沉郁《离骚》天地泪。上下如何，神鬼从容对。

赛龙舟，尝粽子。端午风情，南北争先绘。休道疫情人忌讳。五岳从来，形胜英豪醉。

注：①作于2022年6月3日，是日端午节。
②战国时，楚国大夫屈原因主张举贤授能，联齐抗秦，遭守旧贵族陷害去职，被流放，长期流浪沅湘流域。《离骚》，屈原的长篇抒情诗。

汉宫春·端午潮州

　　端午潮州，看高楼庭院，香草闲花。韩江九曲，缓缓波映烟霞。龙舟似见，但回还，鳄渡人夸。寻宝塔，城墙远近，依稀古柳枇杷。

　　漫数牌坊人物，尽岭南气象，千载风华。开元寺中供果，知是谁家。祠堂未老，愿韩公，重续奇葩。锣鼓起，凤凰山上，单丛饮誉天涯。

注：①作于2022年6月5日。
潮州，现广东省潮州市，国家历史文化名城。东晋始在潮州设义安郡，隋文帝时将义安郡改称"潮州"。
②唐元和十四年（819）韩愈因谏迎佛骨被贬为潮州刺史，韩愈在潮州八个月，兴学劝农，释奴驱鳄，深受潮州人尊崇，韩江因韩愈而得名。韩江边上，"韩文公祠"已有一千多年的历史。
③凤凰单丛，潮州名茶。

浣溪沙·龙舟雨

　　豪雨连番天外来，梧桐遥望上云台。濛濛南海费人猜。

　　昨日风轻听锦瑟，今朝雾重话蓬莱。徐行吟啸且开怀。

注：作于 2022 年 6 月 8 日。

水调歌头·读《岐下庐诗文稿》

开卷感情趣,细品短长篇。岐山脚下风物,泾水梦无边。揽胜五洲曾记,怀古三秦犹见,诗意但斑斓。逆旅宦途问,还向夕阳闲。

东坡转,五柳对,义山牵。诗词曲赋,浅吟低唱醉朱颜。七十华章谱就,九百春秋曼舞,气象笑流年。西凤谁家酒,一饮胜千言。

注:①作于2022年6月10日。
《岐下庐诗文稿》系陕西省诗词学会会长孟建国先生的诗文集。
②东坡,即苏东坡。五柳,即陶渊明,人称"五柳先生"。义山,即晚唐诗人李商隐。
③西凤,指西凤酒。
④夕、十,古入声字,仄声。

太常引·巽寮湾夕阳

暮光浓影半天来。云幕闭还开。五彩水中裁。又细浪,金波玉钗。

轻舟来去,涛声依旧,倩影费人猜。王谢燕成排。海风起,夕阳满怀。

注:①作于 2022 年 6 月 28 日。巽寮湾,广东省惠州市一海湾。
②夕,古入声字,用今音。

南歌子·香港回归 25 周年寄怀

　　港岛歌声劲,鹏城鼓乐锵。紫荆红荔竞风光。更有暹芭风雨、送清凉。

　　把盏吟诗赋,凭栏眺四方。山环水绕酿华章。正是湾区潮涌、共轩昂。

注:①作于 2022 年 7 月 1 日,香港回归祖国 25 周年之际。
②暹芭,2022 年第 3 号台风。受该台风影响,香港、深圳连日风雨。
③湾区,即粤港澳大湾区。

临江仙·喜相逢

雏凤清音犹在耳，书声朗朗分明。匆匆岁月校园行。鲲鹏初展翅，世路笑相迎。

弹指休言三十载，春风缕缕轻盈。踏沙逐浪少年情。天山心未老，云汉任骑鲸。

注：2022年7月10日，与20世纪80年代中余于深圳实验学校任教时的几位学生于网球场相逢，师生同场竞技，甚欢，遂作此。

清平乐·大暑感怀

羿应长叹。热浪连天卷。南岭茫茫风雨远,汉水烟垂云倦。

暑寒自是轮回,苍穹月淡星辉。我本世间闲客,且将诗酒相陪。

注:①作于 2022 年 7 月 25 日。
②羿,即后羿,传夏时有穷氏部落首领,善射。"逮尧之时,十日并出,焦禾稼,杀草木,而民无所食……(尧乃使后羿)上射十日,而下杀猰貐,斩修蛇于洞庭,擒封豨于桑林,万民皆喜,置尧以为天子。"(《淮南子》)

菩萨蛮·感　时

风云突起惊台海，昏鸦偏向松山赖。呱噪几残枝，奈何星斗移。

昆仑携宝岛，万载峡湾小。大木寄情怀，东风荡雾霾。

注：①作于2022年8月3日。2022年8月2日晚，美国众议院议长南希·佩洛西不顾我国政府的强烈抗议，公然窜访台湾，此举激起我国政府和民众的强烈愤慨，引起国际社会的极大关注。中国人民解放军将于8月4日开始，连续三天在台湾附近海域进行实弹演习。有感于此而作《菩萨蛮》一首。

②峡，古入声字，仄声，用今音。

③大木，郑成功，字大木。永历十五年（1661），郑成功率将士数万人横渡海峡，从荷兰人手中收复台湾。

木兰花令·中元节

纸钱香火千家备。红烛河灯随碧水。中元正是夏荷香,敲日羲和增半岁。

道家佛寺青烟蔚。神鬼人猿同一醉。何时秋雨上清来,飘洒九州残暑退。

注:①作于 2022 年 8 月 12 日,是日农历七月十五,为中元节。
②羲和,传说中驾驭日车的神。李贺:"羲和敲日玻璃声,劫灰飞尽古今平。"(《秦王饮酒》)
③上清,道教神话中神仙所居仙境。
④烛、一,古入声字,仄声。

江城子·齐齐哈尔印象

鹤乡八月好风光。柳枝长,夏荷香。百里芦苇,绿浪幻新妆。鹤舞晴空谁指点,方似箭,又徜徉。

嫩江无尽是思量。水汤汤,岸芬芳。举世丰碑,抗战第一枪。手印长留吟将士,青史在,细端详。

注:①作于 2022 年 8 月 16 日。

②齐齐哈尔,黑龙江省下辖市,这里有扎龙自然保护区,为丹顶鹤的故乡。

③1931 年 11 月,马占山将军在齐齐哈尔指挥了著名的江桥抗战,打响了中国人民武装抗日的第一枪。一,古入声字,用今音。

④齐齐哈尔和平广场为纪念抗战胜利 60 周年而建,位于嫩江江畔,由"抗战第一枪"群雕、手印墙、胜利纪念碑等组成。

水调歌头·合川钓鱼城

　　山下碧波涌，来去映长空。云飞青壁凝翠，峰顶似盘龙。马道天梯举步，似见当年勇士，功过未消溶。石上三龟在，还念钓鱼翁。

　　赏香樟，思古桂，问苍松。悬佛长卧，一城谁与醉东风？望帝春心可鉴，护国情思犹烈，井络辨奸雄。故垒且回首，巴蜀万千重。

注：①作于2022年10月4日。

②合川钓鱼城，即合川钓鱼城古战场遗址，位于重庆市合川区嘉陵江南岸。13世纪中期，这里发生了一场抗击蒙古侵略军的战争，战争延续了36年之久。

③望帝，古蜀国君主，因失国身亡，化为杜鹃，春末啼叫至吐血。李商隐："庄生晓梦迷蝴蝶，望帝春心托杜鹃。"（《锦瑟》）

④井络，左思："岷山之精，上为井络。"（《蜀都赋》）我国古代二十八星宿中，蜀地是井宿分野。

西江月·盘 山

　　日上五峰奇崛，云飞万壑凌空。清溪怪石壁间松，蓟北风光如梦。

　　冬雪一山洁静，春花遍野葱笼。农家寺庙挽晴虹，几次乾隆诗送。

注：①作于 2022 年 10 月 10 日。
盘山，位于天津市蓟州区西北，为历代自然及人文形胜。
②据传，清乾隆皇帝曾多次游览盘山，并留下众多诗作。
③崛，古入声字，仄声。洁，古入声字，用今音。

风入松·连州闻刘郎

秋风乍起小城闲。南岭入云天。相逢争道今和古,刘郎事,犹见当年。紫陌红尘何处,连州山水奇缘。

迢迢古道去无边。秦汉但相牵。山形依旧清风枕,湟川绕,秋色春颜。落寞中原逐客,凛然粤北先贤。

注:①作于2022年10月20日。

连州,即连州市,位于广东省西北部。刘郎,即刘禹锡(772—842),晚唐著名诗人,开明官吏,因参与政治革新失败,被贬为朗州刺史,元和十年奉召返京,又因一首诗"紫陌红尘拂面来,无人不道看花回。玄都观里桃千树,尽是刘郎去后栽"(《元和十年自朗州召至京戏赠看花诸君子》)得罪权贵,被贬为连州刺史。刘禹锡在连州五年,颇有政绩,深得连州人喜爱。连州现有刘禹锡纪念馆、刘禹锡文化广场。

②湟川,发源于连州,汇入北江。

③逐,古入声字,用今音。

风入松·上南粤第一峰

　　轻车直上曳秋风。峰壑万千重。六龙回日高标处，云霞淡，幻影无穷。脚下浑崖幽谷，眼前飞瀑苍松。

　　清闲瑶寨紫烟中。庭户绣玲珑。茶山未老歌谣对，愿韩公，此地重逢。相看芬芳南粤，再吟燕喜融融。

注：①作于2022年10月27日。
南粤第一峰，位于广东省阳山县南岭之上，为广东省第一高峰，海拔1902米。
②韩公，即唐宋八大家之首的韩愈。唐贞元十九年（803），韩愈因上书《御史台上论天旱人饥状》，由监察御史贬为阳山县令。韩愈任阳山县令一年零两个月，对当地的文化和经济发展产生了深远影响。他有名的《燕喜亭记》即写于阳山县令任上。

踏莎行·连州地下河

梦幻山间，思萦洞里。巉岩碧水八仙赐。满天星斗一时来，春秋万象缤纷起。

石柱嶙峋，河流迢递。刘郎当日堪游戏。谁言百越滞音书，连州犹是风流地。

注：①作于 2022 年 11 月 6 日。

连州地下河，广东省西北部连州市的一处著名景点，山间溶洞阔达深邃，钟乳石千姿百态，洞内下层河水潺潺，曲折萦回，似一个充满了神秘梦幻的奇境。

②刘郎，即刘禹锡。元和十年（815）刘禹锡因触怒权贵，被贬任连州刺史。刘禹锡在连州刺史任上五年，深得连州人喜爱。

③柳宗元："共来百越纹身地，犹自音书滞一乡。"（《登柳州城楼遥寄漳汀封连四州》）

④八，古入声字，用今音。

江城子·湟川三峡

　　湟川秋至水湾湾。日高悬,岸斑斓。岩壁当空,惯看浪涛翻。南去流光都几许,峰壑过,柳枝缠。

　　韩公曾宿是河滩。峡回还,石如盘。舞动鱼龙,诗句但流传。羊跳峡前听故事,风细细,送归船。

注:①作于2022年11月15日。
湟川,珠江水系北江源头,位于广东省连州市。
②韩公,即韩愈(768—824)。韩愈任阳山县令时,曾游湟川,留下《宿龙宫滩》《贞女峡》等诗篇。
③羊跳峡、仙女峡(又名贞女峡)与楞伽峡,合为湟川三峡。
④峡、石,古入声字,仄声。

鹧鸪天·南岗千年瑶寨

　　寨子山头映碧空。门庭石板竞玲珑。蹄声点点随骡马，倩影盈盈笑竹筒。

　　南岭上，古风浓。瑶歌唱起韵无穷。盘王节里谁家酒，一醉千年入梦中。

注：①作于2022年11月24日。
南岗千年瑶寨，位于广东省连南县，始建于宋代。
②盘王节，即盘古王节，于每年农历十月十六日。
③竹、节，古入声字，仄声。

菩萨蛮·观卡塔尔世界杯

绿茵场上球飞舞,海湾欢闹朝和暮。南北竞输赢,瞬间奇迹生。

五洲同注目,英俊一一数。欲见我昆仑,还须随梦魂。

注:①作于 2022 年 11 月 29 日。

第 22 届世界杯赛于 2022 年 11 月 21 日至 12 月 18 日于卡塔尔举行,来自 32 个国家的足球队于此竞技,角逐大力神杯。

②一,古入声字,用今音。

临江仙·悼江泽民同志

受命当年情志见，毅然热血擎旗。岂因福祸避趋之。
匆匆十几载，足迹遍东西。

伟业长留随五岳，且观斗转星移。扬州城里韵清奇。
知君乘鹤去，故宅梦难离。

注：①作于 2022 年 12 月 5 日。
党的第三代领导集体的核心江泽民同志因病于 2022 年 11 月 30 日逝世，享年 96 岁。各界群众沉痛哀悼、深切缅怀。2022 年 12 月 6 日，江泽民同志追悼大会在北京隆重举行。
②林则徐："苟利国家生死以，岂因祸福避趋之。"（《赴戍登程口示家人》）
③扬州为历史文化名城，江泽民同志的家乡。

沁园春·走河源

　　朝浥轻尘，暮叹熏风，醉里去来。对绵绵山岭，溶溶碧水，苍苍翠竹，远远楼台。寨子清闲，祠堂雅静，犹见当年客邑牌。庭荫下，问苏门旧事，只道相猜。

　　黄龙岩上骋怀。看万道霞光似剪裁。赞畲家父老，耕耘世代；漳溪有意，凤岗为开。百里山茶，千顷黍稻，浩荡东江浓绿栽。巡游日，任将军指点，古柳新槐。

注：①作于 2022 年 12 月 9 日。
河源，即河源市，位于广东省东北部，客家古邑。
②河源市义合镇苏家围，系苏东坡后裔聚居的古村落。
③河源市东源县有一畲族乡，每年农历四月初九，畲族人举行隆重的"蓝大将军出巡"民俗活动。据传，蓝大将军系东源畲族人的部落首领。

七律·贺友人生日

一转年轮一旅程，欣逢小满水天清。
醇茶老酒频相对，故事新闻漫点评。
览月当年南北去，吟诗今日笑谈成。
圣贤自古多寥落，堪数谁家饮者名？

注：作于 2022 年 5 月 22 日。是日晓帆友生日，以此表贺意。

七律·酬晓帆致谢诗

护犊人言万世同,东瀛西域亦相通。
泰山气象风云伴,南海渔歌细浪逢。
诗外功夫谁劝诫,少年强盛但由衷。
百花朵朵争妍日,应是八方景色丰。

注:作于2022年4月16日。收到晓帆《致谢孟忠伉俪》:"小女升堂岂自愁,情同犊护计绸缪。欲知桃李蹊何在,先问偕谁备束脩。"作此以酬。

七律·听友人讲赵一曼

传经授业几春秋，岂是当年壮志酬。
一曼英姿精巧绘，人间正道纵情讴。
南山足迹依然见，前海清歌日夜流。
莫道成都堪送老，珠江此去五洲羞。

注：2022年3月8日，听梁宏友《赵一曼：甘将热血沃中华》课后作。
梁宏，深圳市南山区关工委副主任，深圳市南山区委党校、南山广播电视大学原校长。

七律·赤湾古炮台

鹰嘴山头龙虎踞,伶仃百里水连天。
林公矗立千秋几,滋圃英魂靖远眠。
岂笑宋娃浮海上,当知天后祐征船。
古榕最是寻常伴,往事风尘绿叶边。

注:①作于 2022 年 1 月 28 日。
赤湾古炮台,位于深圳市蛇口半岛鹰嘴山上,雄视伶仃洋。

②林公,林则徐(1785—1850),清末政治家,任湖广总督、两广总督期间,禁烟销烟,推进海防,屡次打退英军挑衅。林则徐:"苟利国家生死以,岂因祸福避趋之。有容乃大千秋几,无欲则刚百世师。"(《赴戍登程口占示家人》)

③滋圃,清末将领关天培(1781—1841)字仲因,号滋圃。任广东水师提督期间,支持林则徐禁烟,多次击退英军进攻。1841 年英军进攻虎门时,关天培在靖远炮台率孤军奋战,英勇战死。

④宋娃,即宋帝昺。据传元军大败南宋军于广东崖山,年仅 8 岁的宋帝昺沉海而亡,被海水冲至赤湾,当地人将其葬于赤湾。

⑤天后,即南头天后宫,位于赤湾古炮台附近。

七律·自 勉

梦里珠江六十年，清波浊浪只随缘。
举杯岂在邀明月，寻道如何笑八仙。
未改乡音迎故旧，犹携日影绘新篇。
金秋莫唱黄昏近，光焰但来北斗边。

注：①作于2022年10月1日。
②广东、广西的河流均属于珠江水系。
③我国古代的二十八星宿中，广东、广西属于斗、牛分野。

七律·即日

阵阵寒风细雨来，枝头小雀自悠哉。
缘何购药成新景，只为方舱现绿苔。
世事从来藏怪异，人猿几次傍悲哀。
隆冬正是春潮近，且待红桃白李开。

注：①作于 2022 年 12 月 15 日。
②白，古入声字，仄声。

2021年　词44首，诗2首

木兰花令·拜读《海平吟草》

香笺浓墨深情寄。短调长歌年岁里。携行犹见满庭芳，炳烛闲聊八六子。

当年热血堪欣慰。百载风云随醒醉。一如黄鹤舞东湖，屈子谪仙齐点缀。

注：①作于2021年1月4日。
《海平吟草》，湖北武汉94岁高龄的陈以滨先生的诗词集，海天出版社出版。《炳烛杂咏选》，陈老先生的另一部诗词集。
②满庭芳、八六子，词牌名。八，古入声字，用今音。
③屈子，即屈原。

踏莎行·赠熙远

笔记当年,情牵故土。桂西风物从头数。凤凰山下绣球抛,歌墟唱罢春风妒。

瑶寨清溪,壮乡云雾。桃源深处闻铜鼓。西林教案最称奇,谁人怪诞谁人怒?

注:①作于2021年1月9日,读王熙远《桂西笔记》后。

熙远,即王熙远,作家、诗人,深圳市宝安区作家协会原主席。《桂西笔记》系王熙远对广西田林、靖西、西林等地历史文化、自然风貌的记录描述,团结出版社出版。

②西林教案,1856年年初,非法进入广西田林县进行不法活动的法籍神甫马赖,被当地官府提拿归案并正法,法国当局以"保护圣教而战"为借口,联合英国出兵侵华,挑起了第二次鸦片战争。

浣溪沙·记　梦

　　南岳祥云入梦来。衡阳归雁一排排。吴姬压酒唱亭台。

　　蝶舞絮飞游客醉，乘风直上笑尘埃。去年天气旧情怀。

注：作于2021年1月27日。

南乡子·春夜喜雨

好雨衬春光。润物无声夜未央。料想春风来去处，芬芳。却道西方苦雪霜。

佳节焕新妆。万户千家步履忙。爆竹悄然成故事，何妨。春雨绵绵春意长。

注：作于2021年2月10日，农历腊月二十九。深圳在连续89日无降雨记录之后，昨夜今晨下雨了，春雨绵绵，春意浓浓。

临江仙·"雨水"随想

雨水乍来无雨水,南天千里晴和。东风几缕伴欢歌。新年追旧岁,来去一飞梭。

秦月汉关依旧见,长城万代嵯峨。轩辕鼓乐震妖魔。休言瘟疫重,且待赏新荷。

注:作于 2021 年 2 月 18 日,农历正月初七,是日乃二十四节气之雨水。

贺新郎·听柴可夫斯基《第一钢琴协奏曲》

　　春韵琴声里。看长天,光风转蕙,彩虹初起。鼓重弦轻春幡动,湖畔莺欢鹊喜。任雨打,芭蕉吟戏。一曲牧歌长笛送,正悠悠,涅瓦波涛细。飞瀑泻,挽云际。

　　从来冬去春风至。笑残雪,红场点点,夏宫堆砌。又绿江南杨柳岸,白李红桃一季。却道似,胡桃夹子。瘟疫汹汹无穷已,但何妨,谷雨清明计。曲调尽,兴犹炽。

注：①作于 2021 年 3 月 8 日。
柴可夫斯基（1840—1893），俄国作曲家。
②涅瓦，即涅瓦河，流经俄罗斯圣彼得堡。
③红场，即俄罗斯莫斯科红场。夏宫，位于圣彼得堡。
④《胡桃夹子》，柴可夫斯基的一部著名舞剧。

江城子·梅沙观海

梅沙观海海天同。远山朦,碧云浓。波浪频繁,拍岸卷春风。礁影水光升日月,潮去处,万千重。

栈桥一线贯西东。伴游蜂,向霓虹。遥望巨轮,一叶黛芙蓉。休道蓬瀛成旧事,南海上,舞鱼龙。

注:①作于2021年3月15日。
梅沙,即深圳市大梅沙、小梅沙,著名海滨旅游景区。
②栈桥,即深圳市东部海滨栈道。
③蓬瀛,即蓬莱、瀛洲,传说中位于海上的仙境。

踏莎行·观 2021 深圳花展

月季盈盈,紫薇霭霭。梧桐山下花如海。亭台一夜挂霓虹,湖边犹是群仙在。

域外庭园,三皇顶戴。梵高一梦留憨态。向风谁笑赏花人,弘法寺上祥云载。

注:①作于 2021 年 3 月 24 日。
"2021 粤港澳大湾区深圳花展" 3 月 20—29 日于深圳仙湖植物园举办,规模宏大,设计精心,花种繁多,精彩纷呈。
②花展内有一国际展区,来自英国、西班牙、新西兰等国家的设计师,呈献了富于异域特色的庭园景观,"梵高的梦中花园"为其中之一。

望海潮·咏南头古城

　　玲珑庭院，寻常巷陌，熙熙十里春风。沉默县衙，喧嚣会馆，人言卧虎藏龙。犹记信国公。凛然关帝庙，世代尊崇。日上牌楼，城垣南北傲晴空。

　　星移斗转匆匆。看珠江入海，唐宋征篷。风雨百年，雷霆万道，依然气贯长虹。往事未尘封。正海湾潮涌，景色无穷。更送鲲鹏直上，随意舞苍穹。

注：①作于2021年3月27日。

南头古城，位于深圳市南山区，珠江入海口东岸。自东晋设东官郡后，为历代海防要塞，岭南沿海行政管理中心。

②县衙，即新安县衙；会馆，即东莞会馆；牌楼，关帝庙、城垣等，均为南头古城历史人文景观。

③信国公，即南宋名相文天祥。南头古城内有建于清嘉庆年间的信国公文天祥祠。国，古入声字，用今声。

采桑子·辛丑清明

　　小楼一夜听春雨,梦里枇杷。河畔蒹葭。远近瑶山醉晚霞。
　　清明知是寒食过,爆竹喧哗。五彩交加。万载贤愚又几家?

注:①作于 2020 年 4 月 4 日,清明节,于家乡广西都安瑶族自治县。
②寒食,即寒食节,一般为清明节前一日。都安的风俗为清明扫墓,祭拜先人、燃放爆竹之后,在墓旁吃寒食。

满庭芳·龙脊梯田

　　彩带轻飘,飞虹叠翠,越城岭上奇观。神工鬼斧,山岳尽斑斓。雨后葱茏又是,龙脊望,景色千端。但回首,白云生处,村寨展新颜。

　　良田。多少载,春风染绿,秋色连绵。看瑶女红妆,蝶舞蜂旋。更有垂腰长发,风姿俏,羞怯婵娟。游人醉,金佛顶下,争道胜桃源。

注:①作于 2021 年 4 月 20 日。
龙脊梯田,位于广西桂林市龙胜各族自治县龙脊镇。据传,早在秦汉时期,聚居龙脊的瑶、壮等民族,即开始垦筑梯田。
②越城岭,五岭之一,地跨包括龙胜县在内的桂北和湘南一带。
③龙脊梯田一带,为红瑶聚居之处。红瑶姑娘喜留长发。
④佛,古入声字,用今音。

破阵子·访李宗仁故居

　　自古英雄无数,苍苍八桂谁人?天马山前顽稚子,国难当时一战神。的卢撼鬼魂。

　　五代阁楼依旧,八方游客盈门。莫叹苍龙不复返,且看漓江烟雨淳。春光又一轮。

注:①作于2021年4月23日。
李宗仁,原国民革命军重要将领,中华民国首任副总统、代总统,其故居位于广西桂林市临桂区两江镇。
②天马山,位于李宗仁故居附近。

太常引·访白崇禧故居

会仙何处会仙家？漓水向天涯。犹记小村娃。故楼对，枇杷木瓜。

一时英俊，一楼空寂，昔日满庭花。人去但思茶。叹诸葛，茅庐絮纱。

注：①作于 2021 年 4 月 27 日。

白崇禧，字健生，广西桂林市临桂区会仙镇山尾村人，原中华民国陆军一级上将、中华民国国防部长。

②诸葛，即诸葛亮。白崇禧因胆识超人、谋略深长，在北伐战争和抗日战争中军功显著而被誉为"小诸葛""常胜将军"。

临江仙·参观湘江战役纪念馆

独立半山迎日月，峥嵘故事连篇。一楼览罢叹当年。壮怀生死战，历历扣心弦。

草木犹惊英烈血，越城岭上清泉。湘江北去九回旋。忠魂长慰藉，故地焕新颜。

注：①作于 2021 年 5 月 4 日。

湘江战役纪念馆，位于广西桂林市全州县。1934 年 11 月—12 月红军长征到达湘江，与封堵湘江的国民党军队血战，突破敌军封锁，向贵州挺进。湘江战役纪念馆为纪念此次战役而建。

②越城岭，跨越桂、湘、黔三省区的山脉，其主峰猫儿山为华南第一高峰。

浣溪沙·洞天酒海

　　曾是牂牁万里愁，丹砂北去十八州。如今酒海洞天幽。

　　石窖天成藏岁月，八仙饮罢弄箜篌。瑶家白裤赛貂裘。

注：①作于2021年5月9日。
洞天酒海，位于广西南丹县，是利用天热岩洞开发建设而成的酒文化景区。
②牂牁，古郡名。古时南丹县一带曾属牂牁郡。
③丹砂，南丹县盛产丹砂，曾为朝廷贡品。十，古入声字，仄声。
④箜篌，一种古弦乐器。
⑤瑶家白裤，南丹县系白裤瑶聚居的地方，瑶家男人常着过膝白裤。

好事近·雨中过越城岭

春雨伴游程，湘水瑶山追逐。世事风情寻觅，对古村新屋。

琼楼玉宇雾中来，瑶姬宴新曲。天上人间光景，且骋怀游目。

注：作于2021年4月16日。是日，自龙胜温泉驱车往全州县，恰逢大雨，越城岭上雾蒙蒙，雨沉沉，景象变幻万千，神姿仙态，实为稀遇。

浪淘沙·重游壶口瀑布

　　激浪半天倾。日夜轰鸣。龙腾虎跃卷霓旌。前度秋光何处是？烟重云轻。
　　千里去蓬瀛。九曲征程。奔流到海水天清。料想谪仙应把盏，飞瀑相迎。

注：作于 2021 年 5 月 22 日。十年前深秋初游壶口瀑布，今日重游，感慨万千，故作此。

满江红·咏骊山烽火台

　　远上云间，三秦望，几回逐鹿。携渭水，柳荫横纵，碧流盈伏。曾见灵山来圣祖，还吟晚照怜孤鹜。老君问，前事欲何求？听空谷。

　　诸侯戏，幽王辱；陶俑铸，阿房覆。更华清歌舞，喜悲相续。未辨骊山山下土，应知日月星辰促。正一番，风韵满长安，秦腔酷。

注：①作于2021年6月4日。

骊山，位于陕西省西安市临潼区，秦岭支脉。骊山烽火台，传说周幽王曾于此"烽火戏诸侯"，失信于诸侯，最后导致西周覆亡。

②晚照，骊山晚照，关中八景之一。老君，骊山老君殿，始建于唐代。陶俑，即秦兵马俑。阿房，即阿房宫。华清，即华清宫。相传周幽王始建骊宫，秦始皇时改为"骊山汤"，汉武帝时扩建为离宫，唐太宗时建宫殿取名"汤泉宫"，唐玄宗再次扩建，名为华清宫。每年十月，唐玄宗携杨贵妃游幸华清宫。

千秋岁·谒黄帝陵

　　远来岭外。直为桥山在。风满袖,云澎湃。清明公祭日,小满诚心载。犹梦里,轩辕鼓乐传东海。

　　沮水殷勤会。庙宇巍峨对。苍柏挺,碑亭盖。谪仙诗铸鼎,汉武祈千代。天未老,昆仑万里流霓彩。

注:①作于 2021 年 5 月 22 日,时值小满时节。
②黄帝陵,位于陕西省黄陵县桥山上,相传为中华民族始祖轩辕黄帝的陵墓。
③桥山轩辕庙前,有"诚心亭"。沮水,流经黄陵县桥山。
④史载,汉武帝曾上桥山祭祀黄帝陵。

念奴娇·登西安城墙

　　闲情雅兴,对城墙十里,角楼横直。画栋珠帘当日事,唐宋元明痕迹。马道蹄深,瓮城风浅,故事留青壁。南山回望,永宁门上云霓。

　　远近风景徜徉,蓝田日暖,灞水流菽稷。钟鼓声声鸣岁月,雁塔轻烟千尺。古道西京,今朝游客,来去音尘急。何须相问,曲江池馆长忆。

注:①作于2021年6月17日。
西安城墙,明洪武年间在隋、唐城墙基础上修筑的城墙,周长近14千米。
②南山,即终南山。永宁门,西安城墙南门。钟鼓,即钟楼、鼓楼;雁塔,即大雁塔、小雁塔,均为西安名胜。

渔家傲·咏延安

梦里几回延水畔。少年意气冲霄汉。宝塔山前兵马练。旗帜展。秦腔一曲阴霾散。

寻梦枣园来去远。感恩窑洞乾坤叹。十里小城春烂漫。黄土恋。千山万壑新姿见。

注：作于 2021 年 6 月 26 日。
延安，位于陕西省北部，中国革命圣地，国家历史文化名城。

鹧鸪天·致老胡

家住苍山碧水间,纷繁尘世不相关。门前鸡犬迎来客,室内清茶醉老顽。

书画里,寄悠闲,丹青落处景斑斓。告知白石君家事,乡里无缘却有缘。

注:①作于2021年6月30日。
老胡,即胡戈,余出国进修学习同学班班长,深圳市国资委原巡视员。
②白石,即齐白石。齐白石为湖南人,胡戈亦为湖南人。

临江仙·谒乾陵

　　神道风轻华表在,石狮石马悠闲。欲寻朱雀去何边?举头碑石望,无字向苍天。

　　八百秦川来眼底,盘龙蓄凤层巅。当时方士但无眠。梁山不寂寞,风雨伴千年。

注:①作于 2021 年 7 月 8 日。
乾陵,唐高宗李治与武则天的合葬墓,位于陕西省乾县梁山上。
②无字,即武则天的无字碑。石,古入声字,仄声。
③据传,在唐高宗李治辞世后,武则天命皇宫内外的两名方士分别寻找安葬处,两位方士不约而同地选中了乾陵。

菩萨蛮·叹兵马俑

　　三千陶俑皇陵伴，九泉车马惊河汉。土偶岂无情，阿房焦土轻。

　　戎装成阵势，颜色凝悲喜。渭水但汤汤，骊山春日长。

注：①作于 2021 年 7 月 15 日。
兵马俑，即秦始皇兵马俑，位于陕西省西安市临潼区秦始皇陵附近，系秦始皇的殉葬品。
②杜牧："楚人一炬，可怜焦土。"（《阿房宫赋》）
③李商隐："一派诚心守帝陵，谁言土偶不无情。"（《兵马俑》）

踏莎行·游西安碑林

　　碑立成林，石盘如铸。五千年事一时晤。诗经阅毕又春秋，亭前却道玄宗注。

　　倚柳低吟，凭栏漫数。青龙朱雀知谁赋？羲之孟頫韵深沉，风流总在凡尘处。

注：①作于 2021 年 7 月 21 日。
西安碑林，始建于宋哲宗元祐二年（1087），收藏自汉代至今的碑石、墓志 4000 余件。
②诗经，即《诗经》；春秋，即《春秋左传》。碑林中陈列有包括《诗经》《春秋左传》等古籍的碑刻。一，古入声字，用今音。
③唐玄宗李隆基作注并书写的《石台孝经》，系碑林中最大的石刻。
④羲之，即晋代书法家王羲之；孟頫，即元代书法家赵孟頫。碑林荟萃了王羲之、柳公权、张旭、赵孟頫等历代书法名家的手迹，极为珍贵。

木兰花令·观赏东京奥运会开幕式

　　东瀛潮水今宵静。七彩烟花迎吉庆。纸鸽如雪缀星空,歌舞欣然呈幻影。
　　五环旗帜长彪炳。四海健儿来问鼎。无端瘟疫又如何,圣火熊熊天地敬。

注:①作于 2021 年 7 月 27 日。
　第 23 届奥运会原定 2020 年 7 月于日本东京举办,因受疫情影响,推迟一年举行。尽管疫情仍在肆虐,但奥运会主办者和各国运动员们从容应对,迎接挑战,精心准备,使本届奥运会能够顺利举行。
　②奥运会开幕式,有放飞和平鸽的传统,因受疫情影响,东京奥运会开幕式改为飘洒纸鸽。

木兰花令·咏中国女排

从来巾帼人称道。何在倾城兼巧笑。几番征战五洲夸,四十功名华夏傲。

岱宗齐鲁风光绕。月缺月圆天杳杳。东京湾畔泪沾衣,只为明朝新面貌。

注:①作于2021年8月5日。

自20世纪70年代后期起,中国女排在一系列国际大赛中,赢得了多项冠军、无数荣誉。在东京奥运会上,中国女排小组赛前三轮失利,无缘出线;之后的两场小组赛事中,女排队员们英勇拼搏,以3:0击败对手,打出了中国女排的精神和气概。因作此词。

②李延年:"北方有佳人,绝世而独立。一顾倾人城,再顾倾人国。"(《北方有佳人》)《诗经》:"硕人其颀,衣锦褧衣……巧笑倩兮,美目盼兮。"(《硕人》)

③帼、缺,古入声字,仄声。

鹧鸪天·观赏凡·高油画

画笔殷勤岁月闲,红蓝橙绿幻人间。麦田浩瀚羞山水,柏树青青任暑寒。

浮世事,几辛艰。葵花谁料价连天。摩诘犹未观星夜,莫奈缘何赏睡莲。

注:①作于2021年8月13日。
凡·高(1855—1890),荷兰著名画家,代表作品有《向日葵》《星夜》《麦田》《秋天的白杨树》等。
②摩诘,唐代著名诗人、画家王维。
③莫奈(1840—1926),法国著名画家,代表作有《睡莲》《日出印象》等。

苏幕遮·游大雁塔

仰七星,听泾渭。云淡风轻,一塔南山对。重壁层梁凝紫翠。犹记当时,三藏浮图绘。

念慈恩,长告慰。杜老登临,回首苍梧愧。堪笑题名寻富贵。流饮曲江,胜似瑶池会。

注:①作于2021年8月20日。
大雁塔,即西安大慈恩寺塔,唐永徽三年(652)修建。
②三藏,即唐玄奘。史载,当年玄奘为保存由天竺经丝绸之路带回长安的经卷佛像而主持修建了大雁塔。
③题名,即雁塔题名。唐朝有一习俗,新中进士于曲江聚会品酒,到大雁塔题名。
④七,古入声字,用今音。

浣溪沙·读杜牧

处暑依然暑气浑,且吟小杜向黄昏。天阶夜色渐清纯。

赤壁秦淮皆往事,瘟神鬼魅未绝尘。千秋笑看一星辰。

注:①作于 2021 年 8 月 26 日。

杜牧(803—约852),字牧之,晚唐重要诗人。文学史上,称李白、杜甫为大"李杜",称李商隐、杜牧为小"李杜"。杜牧有《赤壁》《泊秦淮》等咏史绝句。

②绝,古入声字,用今音。

木兰花令·游巽寮湾

　　小湾岂是寻常处,南海观音曾眷顾。宫藏天后祭八方,人道东坡吟亘古。

　　银沙碧水连天去,游艇闲鸥随浪舞。此间休问巽何如,卦里玄机千百度。

注:①作于2021年9月6日。
巽寮湾,位于广东省惠州市惠东县,是一处沙滩洁净、海水碧蓝、风光优美的海湾。
②巽寮湾天后宫,又称阿妈庙,供奉妈祖神像。八,古入声字,用今音。
③巽,八卦之一,代表风。相传"巽寮湾"为苏东坡贬谪惠州期间所题。

蝶恋花·教师节述怀

人道师恩今日重。万语千言，一束鲜花送。未料苍颜年岁拥，窗前闲看秋光涌。

海角天涯山水共。师道绵绵，每忆情怀动。梦里依稀闻祭孔，频繁把盏东风弄。

注：①作于 2021 年 9 月 10 日，是日教师节。
②祭孔，祭拜孔子。孔子被尊为"大成至圣先师""万世师表"。

苏幕遮·参观黄埔军校旧址

　　水汤汤，山隐隐。小岛当年，军号雷声震。旗帜飘飘堪指引。多少英豪，报国情思峻。

　　汉家枪，唐室刃。万里疆场，五岳功名印。李广子仪同感奋。地覆天翻，黄埔长相问。

注：①作于2021年9月29日。

黄埔军校，第一次国共合作时期，孙中山在中国共产党和苏联的帮助下，在广州黄埔创办的军事学校，正式名称"陆军军官学校"。

②小岛，即长洲岛。黄埔军校位于长洲岛上。国，古入声字，仄声。

③李广，西汉名将，人称"飞将军"。子仪，即郭子仪，唐代中兴名将。

清平乐·记　梦

　　金风几缕。把盏寻诗侣。游目骋怀来去处，还笑庄生蝶舞。

　　相逢醉里狂歌，未知年岁蹉跎。西域东瀛走过，静观月晕星河。

注：①作于 2021 年 10 月 5 日。
②庄子："昔者庄周梦为蝴蝶，栩栩然蝴蝶也……不知周之梦为蝴蝶与？蝴蝶之梦为庄周与？"（《齐物论》）

破阵子·观赏米开朗基罗《创世纪》

辟地开天故事,俊男神女颜容。伊甸园中谁寂寞,禁果偷尝云雨逢。一轮世纪风。

大水八方激荡,方舟造化奇功。画里先知情义重,世上英豪热血浓。峥嵘岁月中。

注:①作于2021年8月10日。

"《创世纪》米开朗基罗2021全球巡展"2021年7月10日至10月10日于深圳展出。《创世纪》为意大利文艺复兴时期伟大的艺术家米开朗基罗的代表作。其中,《大洪水》《原罪——逐出伊甸园》《先知约拿》《创造亚当》《创造夏娃》等,给人以强烈震撼。

浪淘沙·银川秋色

  塞上色斑斓，湖畔林间。雁鸣莺舞自清闲。遥看秋光缠古塔，风采无边。

  西夏话当年，豪气冲天。万重千叠贺兰山。天下黄河奇崛处，人道银川。

注：①2021年10月20日，作于宁夏银川市。
②古塔，即海宝塔，楼阁式砖砌方塔，位于银川市区，已有一千多年历史。
③银川在11世纪初为西夏国都。
④崛，古入声字，仄声。

水调歌头·沙坡头读王维

塞上几千里,大漠与长河。孤烟落日闲看,慷慨为谁歌?汉塞征篷去处,归雁胡天秋半,举目尽嵯峨。一别渭城雨,诗句笑蹉跎。

水苍茫,沙无际,柳婆娑。故园今日,咸阳游侠醉颜酡。山色有无远近,人语轻盈粗犷,七彩幻高坡。对辋川摩诘,无奈是风波。

注:①作于 2021 年 10 月 27 日。
沙坡头,位于宁夏中卫市。沙坡头上,腾格里沙漠与黄河之间,矗立着唐代大诗人王维的一尊塑像。塑像旁雕刻着王维著名的诗句:"大漠孤烟直,长河落日圆。"
王维,字摩诘,晚年居于辋川别墅。
②侠、诘,古入声字,仄声。

行香子·游沙湖

水阔风轻，沙驻云停。怪江南，未解声名。古今奇境，塞上丹青。尽三山魂、五湖影、九州情。

小舟寻梦，鸥鹭争鸣。正芦花，十里相迎。谁家渔女，巧笑倾城。伴春风醉、秋霜妒、夏荷生。

注：①作于2021年11月2日。
沙湖，位于宁夏石嘴山市，融西北沙漠和江南湖泊风光为一体的自然杰作。
②沙湖上，有许多著名沙雕，"沙湖渔女"为其中之一。
③"巧笑倩兮，美目盼兮。"（《诗经·硕人》）"北方有佳人，绝世而独立。一顾倾人城，再顾倾人国。"（汉，李延年）

南歌子·观赏贺兰山岩画

　　神鹿鸣东野，雎鸠和北洲。羚羊挂角自悠游。石上岩间刻画，欲何求？

　　远古风情见，山川韵味稠。鲜卑党项各春秋。长伴黄河滚滚，向东流。

注：①作于 2021 年 11 月 16 日。

贺兰山，位于宁夏回族自治区与内蒙古自治区交界处，古代羌戎、匈奴、鲜卑、党项等北方少数民族在此游牧和繁衍生息，留下了众多岩画。

贺兰山岩画有人首、鹿、羊、马、鸟、太阳神等形象及放牧、狩猎、祭祀等场景。

②李时珍："而羚羊有神，夜宿防患，以角挂树不着地。"（《本草纲目·兽部·羚羊》）

水龙吟·赋水洞沟

  小沟晴日高悬，黄云紫塞来天际。苍茫峡谷，无边大漠，翩然雁队。碧水初寒，芦花低舞，柳枝渐细。又长城回首，乘风直去，墩台上，无穷意。

  犹是张三小店，料当时，驼铃声起。高崖枯井，零砖残玉，万年府第。洞穴蓬门，桑田沧海，人猿神鬼。看凡尘，雨里风中步履，百般欣慰。

注：①作于2021年11月24日。
水洞沟，即水洞沟国家地质公园，位于宁夏临武市，系我国最早发掘的旧石器时代文化遗址。
②张三小店：20世纪初水洞沟的一家车马店。1919年在水洞沟发现犀牛头骨化石的比利时传教士肯特和1923年来水洞沟发掘哺乳动物化石的法国学者桑志华、德日进等，曾入住张三小店。
③中外学者多次发掘，水洞沟出土了三万多件化石，证实水洞沟为四万年前古人类的一处栖息地。

生查子·感 时

妖风海外来，直向燕山路。奥运待宾朋，鸱鸟鸣弓弩。

千载暑寒频，万里鲲鹏舞。风过醉晴云，大吕黄钟谱。

注：①作于2021年12月9日。

美、澳、英等国家先后声称，要"外交抵制"北京冬奥会。针对一些国家对中国的敌视，因作此词。

②庄子："夫鹓鶵，发于南海而飞于北海，非梧桐不止，非练实不食，非醴泉不饮。于是鸱得腐鼠，鹓鶵过之，仰而视之曰：'吓'！"（《秋水》）

③大吕、黄钟，中国古代音律。"乃奏黄钟，歌大吕，舞云门，以祀天神。"（《周礼·春官·大司乐》）

青玉案·西部影城

小城犹是从来傲。塞上慕，江南晓。壬午乍行逢癸卯。关中庭户，定州巷道。满目风情俏。

都说故事千般巧。戏里风云只堪笑。月亮门前闻小调。九儿吟唱，高粱红了。不信苍天老。

注：①作于2021年12月16日。
西部影城，即宁夏银川市镇北堡西部影城。
②壬午、癸卯，即壬午年、癸卯年。明朝嘉靖由壬午年（1522）起，清代雍正始于癸卯年（1723）。西部影城内有明城、清城。
③九儿，电影《红高粱》中的女主人公。《红高粱》曾于西部影城拍摄。
④李贺："衰兰送客咸阳道，天若有情天亦老。"（《金铜仙人辞汉歌并序》）

生查子·冬 至

冬至暖阳随,微雨黄昏后。霓彩缀天边,酒味盈襟袖。

醉里上庐山,绝壁云间走。暮色漫苍苍,飞瀑频回首。

注:作于2021年12月21日。是日冬至,深圳暖阳高照,傍晚有微雨,接着是半天彩虹,景色万千。

八声甘州·谒西夏陵

  正西风、万丈贺兰山,深秋沐清寒。对低台高冢,零砖断壁,黄土残垣。欲问沧桑何故,斜日落荒原。大漠千年伴,红柳无言。

  铁马天骄当日,傲苍穹四远,漠水湍湍。更昊王渠上,羌笛入云端。似依稀,金陵王气;又沉沉,萤火暮鸦篇。回眸处,承天寺塔,依旧清闲。

注:①作于2021年12月29日。

西夏陵,即西夏帝王陵,11世纪初至13世纪初西夏历代帝王及皇亲陵墓,位于宁夏银川市西部,贺兰山下。

②昊王渠,又称李王渠,西夏开国之君李元昊主持修建的水渠,对西夏的农业发展起了重要促进作用。笛,古入声字,用今音。

③承天寺塔,位于宁夏银川市,始建于西夏垂圣元年(1050)。

七律·致炳耿兄

轻车几日西南去，一路风光一路尘。
赤水河边吟四渡，娄山关上忆嶙峋。
石门坎里当年事，遵义城头热血人。
不信雷公山道远，闲云野鹤伴星辰。

注：作于 2021 年 1 月 7 日，读炳耿兄《长风 6000 里，直上云贵川》后。

覃炳庚，深圳青年学院原院长、深圳市团委原副巡视员、书法家。《长风 6000 里，直上云贵川》系炳耿兄记录其游历贵州石门坎、遵义、赤水河，云南昭通，四川宜昌等地后的长篇游记。

七绝·步晓帆韵以谢

昔日少年今日翁，三川五岳笑春风。
杜诗韩集闲来读，不误新丰美酒盅。

注：2021年4月24日，收到晓帆《酬和孟忠词范兼美意》："寄语山川一词翁，秦楼古韵如画风。倘乞行侠成仙侣，勿忘驿留饮几盅。"步其韵以谢。

2020 年　词 51 首，诗 3 首

菩萨蛮·谒乐山大佛

三江碧水来天外，凌云九顶烟波载。万龛立峰头，西南浊浪休。

等闲随日月，一笑千秋别。临谒客纷纷，去来重阁门。

注：作于 2020 年 1 月 3 日。

乐山大佛，位于四川省乐山市凌云山麓，凝视岷江、青衣江、大渡河三江交汇，开凿于唐代开元元年（713），完成于唐贞元十九年（803），是中国最大的摩崖石刻造像。

满江红·访三苏祠

举世声名,眉山望,风光奇崛。犹胜似,岷江春色,峨眉秋月。蓄秀孕奇当此地,郁然千载诗书绝。访祠堂,小径自徘徊,三苏谒。

红墙绕,溪水洁;垂柳细,亭台叠。燕舞莺歌处,几株红叶。云屿楼前寻故迹,披风榭里观书帖。更何人,吟诵子瞻诗,声声切。

注:①作于2020年1月9日。
三苏祠,位于四川省眉山市,北宋著名的苏洵、苏轼、苏辙父子故居,元朝时改为祠堂。云屿楼、披风榭,均为三苏祠中的景观。
②陆游:"孕奇蓄秀当此地,郁然千载诗书城。"(《眉州披风榭拜东坡先生遗像》)

木兰花令·印象石柱

巴山东去接荆楚,翠岭奇峰一石柱。南宾城外鼓楼台,黄水山前湖畔路。

女豪征战成千古,马上英姿青史铸。土家歌调唱今朝,万户千家新乐谱。

注:①作于2020年1月15日。
石柱,即重庆市石柱土家族自治县,位于长江上游,重庆东部,与湖北省利川市相接。接、一,古入声字,用今音。
②南宾,石柱县县城。黄水,即石柱县黄水镇,集森林、奇峰、溪谷和湖泊于一体的旅游休养地。
③女豪,即秦良玉,明末清初著名巾帼英雄。"蜀锦征袍自剪成,桃花马上请长缨。"(《崇祯帝御制诗》)"石柱擎天一女豪,提兵绝域事征辽。"(郭沫若)

虞美人·贺友人新著

宏文谈论新常态,又见君光彩。纵观四海浪滔滔。犹爱边陲小镇、正妖娆。

穷经究理堪钦佩,苍鬓朱颜对。一章一页总关情。老骥人言千里、洒脱行。

注:①作于2020年1月16日。
友人新著,即李晓帆《经济新常态与深圳现象》,论述新常态下创新发展问题。
②曹操:"老骥伏枥,志在千里;烈士暮年,壮心不已。盈缩之期,不但在天;养怡之福,可得永年。"(《步出夏门行·龟虽寿》)

鹧鸪天·己亥除夕感怀

　　黄鹤楼前恶浪翻，神州几处报无眠。金猪岁末无由语，瑞鼠相迎且淡然。

　　浮世事，古难全。猿猱燕雀自相安。惊风吹过繁霜净，还看明朝天地宽。

注：作于2020年1月24日。

一剪梅·重庆两江夜游

　　古渝雄关夜色奇。水上灯火，天外虹霓。两江相会一城山，几处长桥，几处云梯。

　　滴翠洪崖未竟时。朝雾巴山，夜雨秋池。此间偏爱庆双重，物也菁菁，人也滋滋。

注：①作于2020年1月29日。
②古渝雄关，即重庆朝天门。洪崖，即洪崖洞，重庆一古城门。
③重庆古称渝州、恭州。南宋淳熙十六年（1189），宋光宗赵惇先封恭王，后即帝位，自诩"双重喜庆"，升恭州为重庆府，重庆由此得名。
④《诗经》："菁菁者莪，在彼中阿。"（《菁菁者莪》）

蝶恋花·重游成都

曾记初游当酷暑。蜀相祠堂,汗洒门庭处。银杏树旁吟杜甫,草堂犹是寻常路。

冬至蓉城听细雨。巷子参差,宽窄由人去。北调南腔麻辣铺,纷纷丝管江风炉。

注:①作于2020年2月6日。
②蜀相祠堂,即武侯祠;草堂,杜甫草堂。均位于成都市。
③银杏树,成都市市树。

破阵子·听《马刀舞曲》

战鼓隆隆天外,刀光熠熠川前。半卷红旗昏日色,长啸的卢惊楚山。黄沙穿玉鞍。

锦瑟胡琴休道,山呼海啸连番。最是今朝腾热血,浩荡东风未等闲。笑迎尘世艰。

注:作于 2020 年 2 月 12 日。
《马刀舞曲》,苏联作曲家哈恰图良创作的一首著名舞曲。

满庭芳·听贝多芬《第九交响曲》

急管繁弦，流珠涌浪，划然西域欢声。短歌长调，澎湃浪涛生。万里星辰日月，来相会，气朗天清。一章了，佳词谐律，激荡古今情。

且听。欢乐唱，轩昂勇士，神圣精灵。似风起瑶台，舞幻天庭。更有长安气象，编钟起，四海相迎。余音在，绕梁几日，窗外早莺鸣。

注：①作于 2020 年 2 月 22 日。
《第九交响曲》，即德国著名作曲家贝多芬的 d 小调第九交响曲，人们又称之为"合唱交响曲"。因其中合唱部分歌词是德国诗人席勒的《欢乐颂》，故《欢乐颂》被认为《第九交响曲》的重要主题。
②瑶台，中国神话传说中神仙所居之处。
③编钟，我国古代大型打击乐器。

临江仙·二月二龙抬头

一夜春风谁借力？树梢花蕊温柔。莺啼蝶乱似含羞。千家皆闭户，不见踏春游。

试问瘟神能几日？江南江北凝眸。苍龙二月已抬头。昔人黄鹤去，还看汉阳楼。

注：①作于2020年2月24日，是日农历二月初二。

龙抬头。民间有"二月二，龙抬头"之说。东方苍龙为二十八星宿之一，每年二月初，苍龙角宿在东方地平线上出现，故有"龙抬头"之说。

②崔颢："昔人已乘黄鹤去，此地空余黄鹤楼……晴川历历汉阳树，芳草萋萋鹦鹉洲。"（《黄鹤楼》）

南歌子·迎惊蛰

微雨缠新绿,浓云满夜空。春来谁料疫情凶?塞北江南齐盼,借东风。

数九寒冬尽,三山五岳雄。明朝惊蛰楚天同。待看春雷过处,贯长虹。

注:①作于2020年3月4日,次日惊蛰。
②借东风,《三国演义》中,东吴军与曹军于赤壁对垒,周瑜巧借东风,火烧曹军战船,击退曹操。
③楚天,湖北古为楚国之地。

念奴娇·听贝多芬《第五交响曲》

鼓频弦重，一声声，激荡五洲今昔。命运之神何处是，只道敲门情急。玉宇惊雷，庐山飞瀑，四海翻潮汐。骑鲸直上，乱云相送虹霓。

此曲天上人间，清音厚律，浩瀚如《周易》。千里莱茵何缓缓，万籁萦环宫壁。几处齐鸣，几时回响，余韵春秋嫉。韩公应叹，颖师琴里扬抑。

注：①作于 2020 年 3 月 12 日。

贝多芬《第五交响曲》，即德国作曲家贝多芬 C 小调第五交响曲，又称"命运交响曲"。据说，贝多芬将《第五交响曲》开始的乐章称为"命运之神在敲门"。

②《周易》，即《易》，我国古代一部重要经书。

③莱茵，即莱茵河，欧洲大河，流经德国。

④韩公，即韩愈，唐宋八大家之一。韩愈："嗟余有两耳，未省听丝簧。自闻颖师弹，起坐在一旁。推手遽止之，湿衣泪滂滂。颖乎尔诚能，无以冰炭置我肠。"（《听颖师弹琴》）

西江月·忆初游庐山

　　五老峰前云海,含鄱口上朝阳。庐山几日去来忙。还羡谪仙倜傥。

　　对月湖边论道,听风松下徜徉。未谙世事少年郎。直把东坡慕仰。

注:①作于 2020 年 3 月 19 日。
1987 年 8 月,余初到庐山,游三叠泉、五老峰、含鄱口等,收获甚丰。
②谪仙,即李白。李白几次游庐山,留下《望庐山瀑布》等名篇。
③东坡,苏东坡。苏东坡游庐山,有《题西林壁》《初入庐山三首》等名篇。

青玉案·故乡三月三

　　翠屏山下歌如海。绿榕闹,红棉摆。风转绣球翻异彩。三分明月,七分暮霭。铜鼓传天外。

　　澄江两岸风姿在。花炮团团映憨态。三月初三千百载。壮家儿女,瑶山村寨。把盏同澎湃。

注:作于2020年3月26日,农历三月初三。

余之故乡,是个瑶族、壮族、汉族等多民族聚居的地方。三月三,壮族、瑶族均有欢庆活动。对山歌、抛绣球、铜鼓舞、抢花炮等,为三月三的传统活动。

行香子·罗浮山

　　天外山峰，水里苍穹。傲八方，南粤崆峒。峰峦叠彩，潭洞飞虹。更云边桥、亭边瀑、涧边松。

　　东坡竹杖，李杜诗风。几回传，上界葱茏。蓬莱佳境，南海神工。对儒家书、佛家鼓、道家钟。

注：①作于2020年4月3日。

　　罗浮山，广东四大名山之一，位于广东省博罗县，"罗浮汉佐命南岳，天下十山之一"（汉　司马迁）。"此山本名蓬莱山，一峰在海中与罗山合而为一"（《南越志》）。罗浮山上，佛、道、儒并存，有寺观庵庙多处。

　　②坡竹杖，苏东坡贬谪惠州期间，数次游罗浮山，留下多篇佳作。"罗浮山下四时春，卢橘杨梅次第新。日啖荔枝三百颗，不辞长作岭南人。"（《初食荔枝二首》）

贺新郎·听贝多芬《第六交响曲》

又醉田园曲。乐声来，风和日丽，水环山复。几处黄鹂鸣翠柳，更有清闲牛犊。萦望眼，千畦五谷。红瘦绿肥争起舞，笑语迎，诗酒飘华屋。巡沃野，缓还速。

人言天意高难卜。一番惊，繁弦密鼓，乱云横瀑。何似疫情欺庚子，搅动人间五族。正凛冽，寰球瞩目。不信东风周郎恶，对苍穹，熠熠春光沐。随老贝，曲中宿。

注：作于 2020 年 4 月 10 日。
德国作曲家贝多芬《第六交响曲》，又称《田园交响曲》。

踏莎行·欣闻《刘三姐》唱响国家大剧院

曲曲山歌,浓浓韵味。山前唱罢船头对。刘家故事几回回,绵绵不断春江水。

八桂风姿,采茶姐妹。携来五岳祥云蔚。何须世上树缠藤,绣球抛过京华醉。

注:①作于 2020 年 4 月 17 日。
②八桂,即广西。《刘三姐》的故事产生在广西,其曲调部分采用了广西采茶曲调。

永遇乐·读苏东坡惠州诗

江海葱茏,三山咫尺,知是何处。嘉佑堂前,合江楼上,俯仰消寒暑。罗浮春色,丰湖秋水,醉里妙词佳句。筑新居,相牵白鹤,卧听四时风雨。

中原雅士,岭南逐客,却道复还故土。且和渊明,东篱把盏,相与说今古。前贤尽道,江月清赏,谁辨此中真趣。两桥看,桃红柳绿,莺啼燕舞。

注:作于 2020 年 4 月 24 日。

惠州,现广东省惠州市。绍圣元年(1094)六月,苏东坡遭贬谪,"责授宁远军节度副使,惠州安置",十月,苏东坡抵达惠州。绍圣四年(1097)四月,苏东坡再遭厄运,"责授琼州别驾,昌化军安置"。苏东坡在惠州三年,留下了诸多诗作。

渔家傲·读挺南兄《父母亲的故事》

热血柔情一赤子，侠肝义胆真兄弟。字里行间说故事。常念记。天堂父老堪欣慰。

王谢堂前归燕逝，灞陵李广无言对。回首笑谈风雨季。应无悔。大鹏已展垂天翅。

注：①作于 2020 年 4 月 30 日。

黄挺南《父母亲的故事》，记录其父母自年轻时参加地下党继而游击队，历经抗日战争、解放战争，以及新中国成立后工作、生活的诸多故事，真实细致，生动感人。

②《汉书·李广传》：广"尝夜从一骑出，从人田间饮。还至亭，灞陵尉醉，呵止广，广骑曰：'故李将军。'尉曰：'今将军尚不得夜行，何故也。'宿广亭下。"

③大鹏，挺南兄系深圳市大鹏人。

西江月·次韵育毅友

蛇口邮轮灯火,梧桐半道鸣蝉。莲花山上月娟娟。灯饰银河几片。

何惧阴霾凝重,百花依旧争研。鹏城正是酿奇篇。南海云疏风暖。

注:作于 2020 年 5 月 4 日。

五一节期间,收到罗育毅友的问候并《西江月·晨步随感》:"湖畔长亭闲步,山前柳下听蝉。古词风韵觅婵娟。追梦痴情一片。亦赋亦诗亦悦,云舒云卷云妍。韶华无悔谱新篇。明日花开春暖。"感其情谊,遂次韵一首。

破阵子·观赏《阿南画廊》

　　白夜山浓水淡，晨曦林茂风轻。山野方知陶令趣，边寨犹闻暮鼓声。画中万里行。

　　古堡烽烟几缕，国门众志成城。何似子材迎敌寇，泣地惊天子弟兵。笔头军旅情。

注：①作于2020年5月7日。

《阿南画廊》为黄挺南兄1968—1988年画作选。挺南兄曾为农民画家、军旅画家，创作了众多乡村、边寨、军人生活、战争题材画作。白夜、晨曦、山野、边寨、古堡、国门，均为《阿南画廊》中画作名称。

②陶令，因陶渊明曾做过彭泽县令，故人们又称之"陶令"。陶渊明著有《归去来兮辞》《桃花源记》《归园田居》等。

③子材，即冯子材（1818—1903），广西钦州人，清末名将，曾任广西提督、贵州提督。1884年法国侵略军进犯滇桂边境，时已退职的冯子材奉命复出率军出击，于镇南关、谅山一带大败法军。

西江月·醉蝴蝶

百里漓江流水,千寻南岭晴虹。谁家蝴蝶醉春风?但把宫商吹送。

桃李满园堪慰,客家几处寻宗。朱颜苍鬓一顽童。且喜桓伊三弄。

注:①作于 2020 年 5 月 13 日。收到余大学学习期间的辅导员、后担任广西师范大学出版社党委书记的王建周老师发来其演奏电吹管的视频,曲目为《酒醉的蝴蝶》。为老师精湛的演奏而感动,作此篇。
②宫商,古乐曲的调式
③王建周老师系客家人,多年参与组织广西客家文化研究工作。
④桓伊,东晋人,官至江州刺史等,喜音乐,善吹笛,古曲《梅花三弄》据说根据其"三调"而来。
⑤蝶、一,古入声字,仄声。

苏幕遮·黉门昳

赛清弦，羞锦瑟。人管悠悠，远近梨花逸。一啭一吟情韵织。声绕闲云，长向东篱侧。

漫吹弹，今古律。春雨春泥，千载犹朝夕。曲罢余音梁上溢。依旧当年，一笑黉门昳。

注：①作于 2020 年 5 月 14 日。王建周老师发来其电吹管演奏《梨花颂》的视频，嘱余赋词一首，遵嘱成此。
②《梨花颂》，京剧《大唐贵妃》的主题曲，因所吟唱的故事感人、曲调优美而深受欢迎。
③东篱，陶渊明："采菊东篱下，悠然见南山。"（《饮酒，其五》）
④黉门，古代称学校。

南歌子·致敬恩师

一曲催桃李，三番遏晚云。茶余酒罢管弦勤。常伴桂林山水、享天伦。

军港摇波浪，驼铃响暮春。琵琶贺老未曾闻。自有寻常弟子、共欢欣。

注：①作于2020年5月21日。日前收到王建周老师电吹管演奏《军港之夜》和《驼铃》的两个视频，感其演奏精湛动听，作此词。

②琵琶贺老，唐代琵琶高手贺怀智。元稹："夜半月高弦索鸣，贺老琵琶定场屋。"（《连昌宫词》）苏轼："定场贺老今何在，几度新声改。怨声坐使旧声阑，俗耳只知繁手、不须弹。"（《虞美人》）

千秋岁·厦门鼓浪屿

　　水边山上。秀色连天漾。白鹭对，南音赏。沙滩升皓月，故垒说营帐。谁赏赐，兀然一屿风情畅。
　　踏浪朝夕爽。寻古八方望。潮头处，英雄像。补天东海去，正气千秋壮。清风伴，日光岩下童谣唱。

注：①作于 2020 年 6 月 5 日。
鼓浪屿，福建省厦门市著名岛屿，景色秀丽优美，历史文化丰富悠久。
②南音、童谣，均为厦门市（闽南）传统说唱艺术。故垒，鼓浪屿上龙头山寨。
③鼓浪屿东南端覆鼎岩上，昂然矗立着当年收复台湾的民族英雄郑成功的雕像。
④说、夕、八，古入声字，用今音。

破阵子·龙舟水

几日黑云骤雨,三番平地惊雷。湖畔依然荷花艳,岭上逢迎荔枝肥。匆匆芒种归。

一曲《离骚》古调,九州端午千回。汉水汤汤涤荡处,瘟疫遑遑已式微。龙舟水上飞。

注:①作于 2020 年 6 月 12 日。
芒种,农历二十四节气之一。一般阳历 6 月 5 日左右进入芒种。
②《离骚》,即屈原的叙事长诗《离骚》。相传屈原于楚顷襄王三年(前 296)五月初五自沉汨罗江,后人遂于端午节有纪念屈原的活动。

鹧鸪天·感　时

江汉方传恶浪平，旋闻疫疠闹京城。几回庚子艰难岁，谁解其中混沌经？

山水在，斗牛行。寰球凉热奈何停。光风转蕙来芒种，端午时分对雨晴。

注：①作于2020年6月17日。

②庚子艰难，2020年为农历庚子年，遭遇新冠肺炎疫情；1960年农历庚子年，我国遭遇大旱灾；1900年庚子年，八国联军入侵，北京城沦陷，大清帝国损失惨重；1840年庚子年，鸦片战争，西方列强的洋枪洋炮打开了中国大门，中国从此沦入半封建半殖民地社会。

③斗牛，即北斗星、牵牛星。

苏幕遮·端　午

　　艾蒿香，菖蒲润。又是端阳，千里同风韵。粽子香囊康乐引。水上龙舟，飞桨争先进。

　　楚天遥，南海近。屈子当年，何处离骚问？五月休言晴雨混。日月同辉，星斗相陪衬。

注：①作于2020年6月25日，是日端午节。
②端午节习俗，吃粽子，赛龙舟，有些地方熏艾草、悬挂香囊。
③屈子，即屈原。
④日月同辉，2020年6月21日，农历五月初一，出现日环食，乃日月同辉。

西江月·致美昌友

才看龙舟争渡,又听海浪欢歌。杨梅坑里叹嵯峨。相挽浮云几朵。

潮去云天千里,风平翠绿揉摩。苍梧应是赏新荷。五岳三山走过。

注:①作于 2020 年 6 月 30 日。美昌友发来其游深圳大鹏杨梅坑的一组照片,甚为壮观,遂作此词。美昌为余之诗友、校友,深圳市口岸办原巡视员。
②苍梧,现广西梧州市。美昌系广西梧州市人。

浪淘沙·《荒岛余生》观后

荒岛几年停。未道零丁。腥风浊浪但相迎。且共山灵来钻木，取火谋生。

不舍故人情。梦绕魂萦。乘桴何惧水天倾。海上涅槃何处是？自有神灵。

注：①作于2020年1月15日。

《荒岛余生》，美国好莱坞一部优秀电影，讲述一快递公司的职员查克，随公司飞机送货途中，飞机因天气原因坠毁在太平洋上，查克漂流到一个没有人烟的荒岛上，历经千般苦难，凭着坚定的信念和对爱人的执着、顽强的毅力和过人的生存能力，独自一人在岛上生存了1500天，又乘着自制的木排离开海岛，在大海上漂流，最后获救，回到了同事和朋友之间。

②涅槃，佛教用语，指超脱生死的境界。

破阵子·贺"天问一号"发射成功

岛外潮平水阔,九天云淡风轻。一箭扶摇千万里,"天问"飘然八极行。迢迢北斗迎。

暑气沉沉南北,清光缕缕阴晴。遥念灵均追问处,但喜轩辕奏乐声。今朝星际清。

注:①作于 2020 年 7 月 24 日。

②2020 年 7 月 23 日,我国在海南省文昌发射中心用长征五号遥四运载火箭,成功发射"天问一号"火星探测器。"天问一号"将于 7 个月后抵达火星表面,开始相关探测活动。

③灵均,即屈原。"皇览揆余初度兮肇赐余以嘉名,名余曰正则兮字余曰灵均。"(《离骚》)屈原有《天问》篇。"天问一号"火星探测器之名,源自于屈原《天问》。

蝶恋花·听肖邦

水去云回知几度。故里风光,尽向琴声诉。塞纳河边芳草渡,华沙城里霜和雾。

夜曲清歌寻野趣。应是肖郎,犹念家园路。休问曲中甘或苦,秋山春雨随听取。

注:作于 2020 年 7 月 30 日。

肖邦(1810—1849),波兰著名音乐家,其作品深受欢迎。"肖邦,是我们中间最伟大的。他仅仅通过钢琴,就发现了一切。"(德彪西)

肖邦的音乐洋溢着浓郁的爱国热情,他称自己是一个"地地道道的马祖尔人","我的钢琴只熟悉马祖尔"。

苏幕遮·雨中游鹿嘴山庄

浪滔天,风卷地。骤雨连番,苍翠东山洗。金鹿银滩烟雾里。探海灵龟,知向谁边憩?

傲鲲鹏,怜牡蛎。水阔天低,惯与朝阳对。鱼似美人人半醉。欲问麻姑,此处经和纬。

注:①作于2020年8月6日。
鹿嘴山庄,位于深圳市东部大鹏半岛东端,一处山海相依境地。
②金鹿银滩、灵龟探海,均为鹿嘴山庄的景点。
③相传,鹿嘴山庄一带曾有美人鱼出现。香港影星周星驰主演的电影《美人鱼》,曾于此处取景拍摄。
④麻姑,神话传说中的女仙。李商隐:"欲就麻姑买沧海,一杯春露冷如冰。"(《谒山》)

桂枝香·听贝多芬《月光》

　　清波淡雪。似锦瑟初鸣，暮鼓声切。空谷回旋激荡，翠峰三叠。潇湘逐浪东流去，载轻帆，关山飞越。万般情韵，百重光影，一轮明月。

　　曲阑珊，婵娟未别。看月下闲酌，谪仙孤绝。水调东坡长问，九天云歇。皇村皓月秋风细，又何人，心志如铁。五洲犹是，古今依旧，月光情结。

注：①作于 2020 年 8 月 14 日。
贝多芬《月光》，即贝多芬钢琴奏鸣曲，作品 27。
②皇村，俄罗斯帝国学院所在之处，俄罗斯著名诗人普希金曾就读于此，并著有名作《皇村回忆》。

渔家傲·酬友人赠《紫烟寮诗笺》

好雨连天风景异,紫烟几缕清晖起。照日新寮楼阁翠。闲云对,浅吟低唱诗笺里。

咏物感时无限意,家国情志殷殷记。正是鹏城光景媚。谁与醉?谪仙对月三千岁。

注:作于 2020 年 8 月 19 日。
《紫烟寮诗笺》为李晓帆的诗词集。

水调歌头·咏《鹊华秋色图》

远近入长卷,浓淡染清秋。鹊华相望依旧,咫尺两相酬。山下层林缠绕,直把平川装点,苍翠四方留。几片新红叶,辉映柳梢头。

寻小径,观农舍,荡轻舟。谁家垂钓,竿上湖畔日悠悠。未见东篱把盏,但有桃源光景,名士自风流。笔墨挥泼就,秋色冠神州。

注:①作于 2020 年 8 月 27 日。
《鹊华秋色图》,元代书画家赵孟頫的一幅水墨设色山水画,描绘济南鹊山和华不注山一带的秋天景色,系我国一幅珍贵的古画。
②桃源,即桃花源,陶渊明在《桃花源记并诗》中描绘的怡然自乐生活景象。

鹧鸪天·读李音《钢琴城事》

　　字里春风分外娇，剪裁故事与今朝。名师容貌频描绘，弟子风流漫塑雕。

　　星璀璨，月妖娆。琴声几度五洲骄。梅花三弄知何处，南海鲲鹏舞大潮。

注：①作于2020年9月1日。

李音女士所著《钢琴城事》，记录了著名钢琴教育家但昭义培育李云迪、陈萨等青年钢琴家的故事，以及相关的深圳钢琴之城的梦想。该书由深圳报业集团出版社出版，系"我们深圳"系列丛书之一。

②《梅花三弄》，我国著名古曲。

木兰花令·喜看钟南山等获表彰

清秋万里山河净。携月邀星同致敬。艰难时日但匆匆,热血英雄何耿耿。

苍颜白发中流挺。巾帼戎装黄鹤静。凯歌一曲壮情怀,脚下征程犹未竟。

注:作于 2020 年 9 月 8 日。是日,"全国抗击新冠肺炎疫情表彰大会"在北京召开,抗疫英雄钟南山获"共和国勋章",陈薇等 3 人获"人民英雄"国家荣誉称号,一批先进个人和先进集体获表彰。

菩萨蛮·咏"一箭九星"海上发射成功

　　九星一箭冲天去，腾云驾雾蓬莱誉。北斗但相牵，瑶台缀紫烟。

　　艰辛庚子岁，荆楚轩辕酹。白露润神州，清秋明月柔。

注：①作于2020年9月16日。

2020年9月15日，我国在黄海海域用长征十一号海射运载火箭，采取"一箭九星"方式，将"吉林一号"高分03—1组卫星送入预定轨道，发射获圆满成功。

②"一箭九星"发射之际，正值农历白露时节。

南乡子·罗浮山

人道四时春。蓬岛浮来一地新。三百峰峦云海上，纷纷。五岳神明几处闻。

飞瀑度昏晨。汉使惊奇上界淳。古观冲虚临碧水，氤氲。犹见当时百草魂。

注：①作于 2020 年 9 月 30 日。

罗浮山，广东省四大名山之一，位于广东省博罗县。

②汉文帝元年（前179），陆贾奉使南越，说服赵佗去帝号，称臣奉贡。陆贾回朝复命后撰《南越行纪》，称"罗浮山顶有湖，杨梅山桃绕其际。"（《清四库全书·唐书·经籍志》）。

③百草魂，即东晋道学家、药学家葛洪。咸和二年（327），葛洪隐居罗浮山，修行炼丹，采药行医，著书立说。

踏莎行·合江楼

　　山色回环,水光眷恋。二江合处朱楼见。小城几处傲八方,只缘苏子当时羡。

　　九曲亭台,百寻江岸。倚楼休道佳人怨。星移物换又千回,罗浮山下春光赞。

注:作于 2020 年 10 月 7 日。

合江楼,位于广东省惠州市,西枝江与东江合流处。绍圣元年(1094),苏轼贬谪惠州,曾寓居于此。

菩萨蛮·贺深圳经济特区建立 40 周年

大鹏一日乘风起,轩辕鼓乐传天际。四十浥征尘,风来满眼春。

梧桐何顾盼,晴雨长舒展。前海浪涛欢,九州天地宽。

注:①作于 2020 年 10 月 14 日。是日,"深圳经济特区建立 40 周年纪念大会"召开,习近平总书记出席大会并发表重要讲话,充分肯定深圳的发展成就和经验,希望深圳全面深化改革扩大开放,创造新的更大奇迹。
②李贺:"东方风来满眼春。"(《三月》)
③前海,位于深圳市西南部,是规划建设中粤港澳大湾区的核心地带。

望海潮·游黄山

群峰迢递，层林叠翠，去天五尺高昂。深壑短亭，丹崖玉柱，山南山北风光。气象贯八方。正云海来去，佛掌苍茫。始信峰前，万姿千态世无双。

朝来秋日辉煌。叹嫣红姹紫，浓绿醇黄。空谷漫行，寒泉戏水，还吟霞客文章。上下未彷徨。且看光明顶，几点红妆。难怪轩辕，山色松影万年长。

注：①作于 2020 年 11 月 1 日。
黄山，位于安徽省南部，系世界文化与自然双重遗产，人称"天下第一奇山"。
②霞客，即明代地理学家徐霞客。徐霞客曾游历黄山，称："薄海内外之名山，无如徽之黄山。登黄山，天下无山，观止矣。"
③黄山原名黟山，传说轩辕黄帝曾于此炼丹，故后世改名"黄山"。
④八，古入声字，用今音。

浣溪沙·呈 坎

碧水北来紫气淳。青山翠竹傍前村。亦呈亦坎九州闻。

环秀桥边唐宋迹，钟英楼上理学魂。黄山此去一时辰。

注：①作于2020年11月7日。
呈坎，安徽省黄山市一古村落，保留了众多明清时期徽派建筑和史迹文化。
②据说，呈坎系按《易经》的阴阳八卦理论择地、布局、建筑的村落，天人合一，人杰地灵，生生不息。呈即阳，坎即阴。
③苏轼题呈坎《罗氏族谱》："文德武功名留简竹，理学真儒后先继续。"朱熹："呈坎双贤里，江南第一村。"

浣溪沙·宏　村

院里堂前韵味浓。白墙黑瓦对霓虹。双溪映碧水溶溶。

古树斑驳传岁月,小荷玉立舞东风。宗祠堪慰老汪公。

注:①作于 2020 年 11 月 10 日。
宏村,安徽省黄山市一古村镇,始建于南宋绍兴年间。
②"青山绿水本无价,白墙黑瓦别有情。"(国际古遗址专家大河直躬对宏村的评价)
③史载,宏村始祖为汪彦济。宏村的汪氏宗祠,记载了汪氏在宏村的繁衍发展事迹。

浣溪沙·西　递

几辈儿孙几辈骄。牌坊犹是旧时雕。溪流长汇会源桥。

李氏胡家真假事，东源西递古今朝。小楼深巷醉歌谣。

注：①作于2020年11月12日。
西递，安徽省黄山市一古村镇，人称"桃花源里人家"，始建于北宋庆历年间。
②西递系由胡氏家族繁衍而成的一个古村镇，人杰地灵，胡氏家族先后出了一百多位商人、官宦、文人。据传，西递胡氏本姓李，系唐昭宗李晔幼子，因避战乱改姓胡。
③西递，曾称"东源乡"。

临江仙·九华山

楚越江山千万处,九华独领风骚。峰峦缥缈上云霄。芙蓉天际秀,罗汉正逍遥。

犹道谪仙当日事,酒家细数佳肴。化城寺外客如潮。花台新栈道,老巷古民谣。

注:①作于 2020 年 11 月 19 日。
九华山,佛教四大名山之一,位于安徽省池州市。
②芙蓉、罗汉,即芙蓉峰、罗汉峰,九华山主要山峰。

蝶恋花·篁岭晒秋

　　九巷三桥八里路。岭上人家，光景桃源慕。屋后堂前排豆黍，晒秋未惧秋风妒。

　　红酽黄澄瓜果圃。流水淙淙，长为花溪去。休道春来花海处，今宵且看傩神舞。

注：①作于 2020 年 11 月 25 日。
篁岭，位于江西省婺源县的一古村落，依照天街、九巷、三桥、六井布局，街巷曲折，韵味浓郁。犹以"晒秋""梯田花海"闻名。
②傩神舞，即傩舞，一种由驱邪祈福仪式发展而来的民间艺术。
③八，古入声字，用今音。

渔家傲·读《雨果诗选》

　　塞纳河边昏又晓。巴黎城外风云啸。吟罢歌谣传警告。惊古堡。丹心总为家园耗。

　　杜老秋风茅草号。谪仙斗酒诗情傲。异地风流长短调。呼正道。沧桑几度星辰渺。

注：作于 2020 年 12 月 6 日。

维克多·雨果（1802—1885），法国著名作家，著有《悲惨世界》《巴黎圣母院》及多部诗集。《雨果诗选》程曾厚译，人民文学出版社出版，2020 年 3 月。

洞仙歌·读《泰戈尔诗选》

　　仙风道骨,看人间昏晓。望族名门未曾傲。但低吟高唱,短曲长歌,恒河水,千里沉沉萦绕。

　　笔头传故事,多少英雄,德里城头仰天笑。又几度,乡村赞颂,繁星点拨,伴轻盈飞鸟。似还见,草堂赋登楼,挽玉垒浮云,对千年调。

注:①作于 2020 年 12 月 14 日。
泰戈尔,印度近现代伟大的诗人。《泰戈尔诗选》,冰心、石真译,人民文学出版社出版。
②泰戈尔家族系印度的望族之一,属于婆罗门这一最高种姓,但从其祖父开始,便不再把种姓制度的神圣放在眼里,慷慨贡献出财富,支持社会改革和进步运动。族,古入声字,仄声。
③《故事诗》《飞鸟集》,泰戈尔的诗集。
④德里,印度古都,历史文化名城。

渔家傲·赠德明兄

　　曾是几回风景萃。青春作伴乡音醉。复旦情怀尤可贵。浦江水。奔流日夜随年岁。
　　弟子三千堪籍慰。友人无论南和北。谁道廉颇乏口胃？谈笑对。朱颜霜鬓皆经纬。

注：①2020 年 12 月 22 日，读《我的青春正当时——张德明教授访谈录》后作。张德明，上海开放大学原党委书记、校长。
②廉颇，战国时赵国大将。"廉将军虽老，尚善饭。"（《史记·廉颇蔺相如列传》）辛弃疾："凭谁问，廉颇老矣，尚能饭否。"（《永遇乐·京口北固亭怀古》）

七律·访林则徐故居

院落厅堂曲尺楼，碑亭岂为戏春秋。
迢迢闽水风光醉，赫赫鼓山情志留。
最是虎门堪浩荡，缘何秦陇自凝眸。
天山万笏琼瑶耸，晴雪满头一故侯。

注：①作于 2020 年 10 月 8 日。

林则徐（1785—1850），福建侯官（今福州）人。道光十八年（1838）受命为钦差大臣，前往广东禁烟，于虎门海滩销毁收缴英美烟贩的鸦片，并积极筹办海防，屡次打退英军挑衅。后被诬革职，充军新疆。

②林则徐："天山万笏耸琼瑶，导我西行伴寂寥。我与山灵相对笑，满头晴雪共难消。"（《塞外杂咏》）

七绝·喜炳庚蝉声文

普吉岛上景千般,偏喜蝉声绿叶间。
古韵清音缘底事?家园正是倒春寒。

注:作于 2020 年 3 月 2 日。
炳庚夫妇到泰国普吉岛度假月余,犹喜岛上蝉声,炳庚写有《蝉噪林逾静,鸟鸣山更幽》,记叙古今文人对蝉声的喜爱,甚有趣。

五律·酬晓帆致谢诗

塞外传飞雪,江南挂雨虹。
月明千里共,燕舞几家同?
小阁闻三弄,紫烟笑汉宫。
相逢言把盏,羡煞竹林公。

注:①作于 2020 年 11 月 21 日。

晓帆发来《谢孟忠赠楼舍夜照》:"月上紫烟寮,未知人逍遥。茗香宜唤友,书贵可藏娇。室陋闻古韵,壁工透缥缈。犹待黄昏后,为君解琴绡。"余遂作此为谢。

②竹林,即魏晋时期竹林七贤,善饮。

2019年　词43首

渔家傲·嫦娥四号登月

新岁九天风日爽，嫦娥登月英姿飒。几缕尘埃忽荡漾。无相妨，且来伴我新营帐。

桂树婆娑千载望，吴刚把酒心扉敞。一箭腾云星斗让。歌嘹亮，飞天梦幻征程畅。

注：①作于2019年1月3日。是日，我国"嫦娥四号"探测器成功登陆月球背面，开始有关探测活动，这是人类首次在月球背面进行的探测活动。

②桂树，传说中月亮上的桂树，"俗传月中仙人桂树，今视其初生，见仙人之足，渐已成形，桂树后生。"（《初学记》）

③吴刚，传说中月宫里的仙人。"旧言月中有桂，有蟾蜍。故异书言月桂高五百丈，下有一人常斫之，树创随合。人姓吴名刚，西河人。学仙有过，谪令伐树。"（《酉阳杂俎》）

水调歌头·读李贺

冷落一孤客，奇异半诗魂。纵然几世秦陇，无奈渭城门。欲带吴钩东去，直把关山收取，意气自生春。羞见咸阳道，来去客纷纷。

吟箜篌，说走马，叹风云。青光斫取，楚辞写尽可听闻？梦里寒蟾玉兔，酒后秦王汉武，随意向乾坤。诗句点滴重，犹是性情人。

注：作于2019年1月10日。

李贺（790—816），字长吉，唐朝著名诗人。李贺系唐宗室后裔，曾自称为陇西人。李贺因父亲名"晋肃"，被排挤堵塞仕进之路，仅做过低微小官，穷愁潦倒。

木兰花令·大　寒

　　隆冬未见梧桐瘦，四九和风拂细柳。莲花山上晚云闲，远近高楼灯火秀。

　　雨晴凉热随星斗，红树紫荆方豆蔻。垂天赋就正当时，展翅大鹏惊宇宙。

　　注：作于2019年1月23日。2019年1月20日进入大寒时节，随之即四九，但连日阳光灿烂，和暖舒适，未如往年般寒冷。

定风波·读普希金

  常忆皇村景色柔，白云碧水漫悠悠。魂绕神牵一立柱，倾诉。诗书浩瀚为国忧。
  字里行间情热烈，心血。谪仙诗圣可同俦。梦幻匆匆刀剑坠，堪慰。青铜骑士自风流。

注：①作于 2019 年 1 月 29 日。
普希金，19 世纪俄罗斯著名文学家和诗人，被誉为"俄罗斯文学之父""俄罗斯诗歌的太阳"。
②普希金："还有一个朴素的纪念柱，直立在松树的浓荫里。"（《皇村回忆》）该纪念柱为纪念俄罗斯名将奥尔洛夫于 1770 年在海上击败土耳其之战而立。国，古入声字，用今音。
③1837 年，在沙皇朝廷的蓄谋煽动下，普希金与情敌决斗，被情敌开枪致重伤不治身亡。
④青铜骑士，俄罗斯圣彼得堡十二月党人广场上的彼得大帝塑像。普希金著有长诗《青铜骑士》。

南歌子·立春·除夕

　　细细东风软,浓浓日照香。立春除夕竟成双。最是欢欣时令,万家忙。

　　垂柳新枝展,兰花五彩彰。融合天气谱华章。又见迎春花市,满庭芳。

注:①作于2019年2月4日,是日农历除夕,欣逢立春。佳节盛日,天地祥和。
②夕,古入声字,仄声。
③满庭芳,一词牌名。

菩萨蛮·观赏《流浪地球》

山崩地裂无端起,天街欲坠星辰泣。流浪是谁人,玉皇未见闻。

少年何灿烂,胆气冲霄汉。梦幻但匆匆,南国春意浓。

注:作于 2019 年 2 月 7 日。《流浪地球》是 2019 年春节开始在全国上映的一部科幻片,讲述人们如何驱动地球离开即将陷入毁灭的太阳系的故事,颇受欢迎。

木兰花令·《中国诗词大会》观感

  东风一夜新春早。万户千家除旧貌。忽闻朗朗诵吟声,最是千年平仄调。

  诗家光焰八方照。唐宋风骚情未了。江山代有少年来,不负春光长咏啸。

注:①作于2019年2月18日。

中国诗词大会,央视于正月初一至初十晚播出的一个节目,参与者竞相背诵古典诗词,成绩最佳者成为"擂主"。该节目弘扬了传统文化,深受欢迎。

②八,古入声字,用今音。

行香子·游荔枝湾

　　春雨潇潇，溪水悄悄。走湖畔，古木廊桥。西关情韵，越秀新翘。看茶花浓，兰花艳，桂花娇。

　　大屋肃穆，小巷逍遥。历风云，五代三朝。戏台高筑，十里妖娆。正歌声扬，琴声脆，鼓声高。

注：①作于2019年2月28日。
荔枝湾，位于广州市西关，荟萃了老广州的风情韵味。西关，老广州所在区域之一，也是岭南文化的发源地之一。
②越秀，即越秀山，广州城市标志之一。大屋，即西关大屋，富于广州特色的老宅。

浪淘沙·广州沙面

绿树掩层楼,街巷清幽。白鹅潭上荡轻舟。域外风情来万里,拾翠一洲。

往事且凝眸,风雨春秋。基督堂外话貔貅。但见珠江流日夜,情韵悠悠。

注:①作于 2019 年 3 月 2 日。
沙面,位于广州市区西南部,又称拾翠洲。自宋代开始,沙面即为通商要津。鸦片战争后,清咸丰十一年(1861)起,沙面沦为英、法租界。沙面是广州近代史的一个缩影。
②白鹅潭,即珠江白鹅潭,沙面与白鹅潭相邻。
③貔貅,古籍中的猛兽。"前有挚兽,则载貔貅。"(《礼记》)

踏莎行·珠江夜游

　　两岸霓虹,一江春水。羊城夜色游人醉。如酥小雨润高楼,千姿百态缤纷绘。

　　几世明珠,南国花蕾。海珠石上风情媚。何人惊叹小蛮腰,斑斓最是云霞蔚。

注:①作于2019年3月5日。

②海珠石,原广州珠江中的一块巨石,因长期被江水冲刷而浑圆如珠,且随潮汐变化而沉浮海上,故得名。

③小蛮腰,即广州塔,因其高挑如窈窕淑女而得名。

浪淘沙·特洛伊遗址

　　故事几千年。断壁残垣。欲说草木话阳关。但看今朝春色里，木马依然。
　　山水紧相衔。落日长天。爱琴海上展新颜。昔日英雄寻问取，天外云间。

注：①作于 2019 年 3 月 23 日。
特洛伊遗址，位于土耳其达达尼尔海峡附近。特洛伊系古希腊人的一座古城，后被斯巴达人攻占，化为废墟。
②阳关，我国古代西域交通的一个关隘。
③木马，即特洛伊木马，相传，特洛伊城之所以被攻占毁弃，就是中了斯巴达人的木马计。

木兰花令·热气球之旅

晴天万象风姿俏。谁弄霞光春日早。半空一片彩球来，点点斑斓天际闹。

飘浮缓缓晨曦渺。上下盈盈戈壁道。桑田沧海莫思量，日月星辰随暮晓。

注：2019年3月28日作于土耳其卡帕多奇亚。

土耳其旅游资源丰富，卡帕多奇亚的"热气球之旅"，吸引了世界各地的众多游客，每日清晨，在峡谷上，游客们兴高采烈地乘上气球开启空中之旅，几百个热气球迎着朝阳，缓缓升腾，盈盈飘浮，甚为壮观。

临江仙·游塞尔维亚

多瑙河边寻古堡，小城一片春光。楼台街巷巧梳妆。熏风拂绿树，丽日映高墙。

闻道烽烟曾几度，斯人犹念国殇。晴川故地谱新章。一尊夫子像，异域水天长。

注：①作于 2019 年 4 月 11 日。

塞尔维亚，位于欧洲东南部、巴尔干半岛中部，南斯拉夫的一个联盟国。

②塞尔维亚在历史上经历了多次战乱。1999 年，曾遭受北约连续轰炸 78 天。

③在塞尔维亚首都贝尔格莱德市，原中国驻南联盟大使馆旧址上，"贝尔格莱德中国文化中心"正在建设，一尊孔子像矗立于该中心的大厦前。

④国，古入声字，用今音。

水调歌头·博斯普鲁斯海峡

浩荡万顷水，兀傲一峡湾。东西南北来去，山海任回还。朝起满城春色，暮里翻空鸥鹭，尽日叹斑斓。天堑飞虹架，欧亚但相牵。

对穹宇，数经纬，话山川。古城寻觅，罗马往事未如烟。仍有皇宫锦绣，更看星辰旗帜，猎猎水云间。潮落又潮涨，上下已千年。

注：①作于 2019 年 4 月 14 日。

博斯普鲁斯海峡，位于土耳其伊斯坦布尔，东连黑海，西、南通马尔马拉海和地中海，是沟通亚欧两大洲的交通要道。该海峡将伊斯坦布尔分为亚洲和欧洲两部分。峡，古入声字，用今音。

②1973 年，土耳其在博斯普鲁斯海峡上建起第一座大桥，世称"欧亚第一桥"。

③土耳其在古典时期一度兴盛，至今仍有古希腊和古罗马文明的众多遗址。

④奥斯曼为土耳其历史上一个强盛的帝国，至今，博斯普鲁斯海峡边上，仍保留有奥斯曼帝国时期的新、老两座皇宫。

⑤星辰旗帜，土耳其共和国的国旗，上缀月亮和星星。

洞仙歌·读周有光《拾贝集》

　　风云见惯,自从容无畏。字句珠玑纸犹贵。对清流浊浪、世事闲情,漫指点,斗室优游卒岁。

　　此生诚可贵,百岁沧桑,但把浮名付流水。一笑话当年,壮志凌云,将汉字,拼音相配。又谁道,百科老新潮,正暮暮朝朝,坦然拾贝。

注:①作于2019年5月4日。

周有光,著名语言学家,曾担任中国文字改革委员会和国家语言文字工作委员会研究员委员。《拾贝集》系周有光先生106岁时出版的文集。

②周有光参加制订了《汉语拼音方案》,被称为"汉语拼音之父"。

③周有光先生学识渊博,其连襟、著名作家沈从文先生称其为"周百科"。晚年的周有光常被人们尊称为"新潮老头"。

望海潮·咏山海关

　　楼头朝日，谯门弦月，渝关别样风光。深浅瓮城，参差巷陌，依稀旧日戎装。旗帜正飘扬。看燕山壮丽，渤海苍茫。问老龙头，长城万里向何方？

　　雄关几世沧桑。对春秋雨雾，塞外风霜。千载盛衰，霓裳梦断，依然故土高墙。浩荡世无双。休道求仙处，驻跸秦皇。西北东南俯仰，山海谱华章。

注：①作于2019年6月6日。

山海关，又名渝关、临闾关，万里长城东部的第一个关口，位于河北省秦皇岛市。山海关北倚燕山，南连渤海，故得名。

②老龙头，与山海关遥遥相望，系长城东部入海石城。

③据传，秦始皇公元前215年东巡至秦皇岛一带，派方士携童男童女入海求仙，寻长生不老之药。

渔家傲·秦皇岛

　　昔日秦皇寻道处。曹操观海旌旗舞。又见长安金辇顾。无尽数。碣石星月英雄慕。

　　浴日亭前雕像铸。碧螺塔下风云度。偶向汪洋吟魏武。惊天宇。浪淘词句一今古。

注：①作于 2019 年 6 月 11 日。

秦皇岛，古称碣石，历史文化名城，著名避暑胜地，位于河北省东北部，因公元前 215 年秦始皇东巡，驻跸于此而得名。

②曹操于建安十二年（207）北征乌桓经碣石，著有《步出夏门行观沧海》："东临碣石，以观沧海。水何澹澹，山岛竦峙。"

③史载：唐太宗李世民曾驻跸碣石，写下《春日观海》："披襟眺沧海，凭轼玩春芳。芝罘思汉帝，碣石想秦皇。霓裳非本意，端拱且图王。"

④秦皇岛市北戴河浴日亭前，一尊毛泽东塑像巍然屹立，塑像座基上，镌刻着 1956 年毛泽东游北戴河后写下的《浪淘沙·北戴河》："大雨落幽燕，白浪滔天。秦皇岛外打渔船，一片汪洋都不见。知向谁边？往事越千年，魏武挥鞭。东临碣石有遗篇。萧瑟秋风今又是，换了人家。"

⑤一，古入声字，用今音。

水调歌头·雨中游避暑山庄

　　骤雨荡宫阙,浓雾冠群峰。山庄五月佳境,一夜起凉风。松鹤斋前珠泄,如意洲旁云舞,远近画空濛。试上采菱渡,举步水淙淙。

　　燕赵地,康乾梦,造化功。云山四面,但愿寒暑自从容。试马青岩尚在,绮望小楼依旧,人事岂匆匆。待看晴和日,胜地饮长虹。

注:①作于 2019 年 6 月 17 日。

避暑山庄,位于河北省承德市,始建于 1703 年,历康熙、雍正、乾隆三朝,耗时 89 年建成,系清代皇帝夏天避暑和处理政务的地方,又称"离宫""热河行宫"。

②采菱渡,绮望楼,分别为乾隆题名避暑山庄 36 景之一。饮长虹,即"长虹饮练",康熙题名避暑山庄 36 景之一。

南乡子·海河夜游

又上海河来。灯影光波漫剪裁。三岔口边寻故道,亭台。解放桥前新柳栽。

七彩入襟怀。楼阁园林缀玉钗。指点前朝空几处,尘埃。还看今宵星斗开。

注:①作于 2019 年 6 月 24 日。
海河,天津的"母亲河",流经天津,东入渤海湾。
②海河两岸,有冯国璋故居、袁世凯宅邸等民国初年建筑。

鹧鸪天·石家大院

故宅深深门几重,长廊甬道暗帘栊。雕梁画栋风光忆,物是人非楼阁空。

门外水,御河东。青青杨柳画图中。南来北往闲游客,争道谁家韵味浓。

注:①作于2019年7月4日。
石家大院,位于天津市杨柳青古镇,始建于1875年,人称"华北第一宅"。
②御河,京杭大运河经杨柳青一段,也称"南运河"。
③杨柳青,天津市一古镇,以年画等闻名。

蝶恋花·洪湖赏荷

　　骤雨连番追夏至。水上千娇,仍把清香蔚。浓淡白红相点缀,莺飞蝶舞荷塘里。

　　自古赏荷诗璀嵬。载酒西湖,犹见衰翁醉。今日花前人语沸,来将倩影拼花蕾。

注:作于 2019 年 6 月 29 日。

洪湖,深圳洪湖公园。每年 6 月至 9 月,洪湖公园里荷花盛开,千姿百态,赏花者络绎不绝。

满江红·读梁启超

　　来去匆匆，游历处，铿锵足迹。曾几次，雨狂风骤，水深浪急。百日维新遗旧恨，一刊丛报尤长戟。唤生民，书卷岂无情，衷肠泣。

　　评时势，如霹雳；言成败，长相惜。少年中国在，鲲鹏朝日。休道功名尘与土，饮冰室里观虹霓。且徘徊，故宅不寻常，门庭逸。

注：①作于 2019 年 7 月 10 日。
梁启超，中国近代维新派领导人之一，著名学者。字卓如，号任公，又号饮冰室主人。
② 1895 年，梁启超与康有为一起，发动"公车上书"。1898 年，参与百日维新。戊戌政变后，梁启超逃亡日本。
③丛报，即梁启超编辑《新民丛报》等。少年中国，即梁启超著名的《少年中国说》。
④梁启超系广东新会人，晚年居天津，天津市和广东新会均有梁氏故宅。

西江月·叶挺故居

阶下青砖碧草，堂前细柳禾坪。客家情韵老门庭。回望三山五岭。

记取壮怀激烈，还说岁月峥嵘。九州几处祭英灵。故里风光明净。

注：①作于2019年7月16日。

叶挺（1896—1946），广东省惠阳县人，其故居位于广东省惠阳县秋长镇周田会水楼村，客家民居风格。

②叶挺将军战功卓著，被誉为"北伐名将"，先后参加领导南昌起义、广州起义，抗日战争中出任新四军军长，1941年"皖南事变"中被国民党扣押，抗战胜利后获救出狱，1946年4月8日乘飞机由重庆飞回延安途中，飞机失事不幸遇难。

踏莎行·游大容山

　　雾里群峰,云中翠谷。南方西岳迎三伏。苍茫百里雨蒙蒙,匆匆犹见风车辘。

　　湖畔轻舟,山头小筑。七星岭上苍松覆。谁家神女笑盈盈,随风直到莲花麓。

注:①作于2019年7月28日。
大容山,位于广西玉林市,桂东南第一高峰。
②南方西岳,即大容山。公元917年,南汉高祖刘䶮称帝,封大容山为"南方西岳"。

南歌子·台风"韦帕"过后

几日听风雨,楼台看晚晴。半天云乱半天清。"韦帕"汹汹千里、已西征。

本是空中客,偏来陆上行。万般气象满鹏城。南海观音欲问、但无声。

注:作于 2019 年 8 月 3 日。

2019 年第 7 号台风"韦帕"8 月 1 日先后在海南省文昌市、广东省湛江市登陆,随后往北部湾驰去。受其影响,深圳连日乌云滚滚,持续大到暴雨,所幸,风雨未造成严重灾情。

鹧鸪天·港岛烟尘

港岛消息连日闻。九龙何事蔽烟尘。百年沉重伤心处，几个轻狂蒙面人。

山水共，暑寒邻。泱泱华夏一乾坤。蚍蜉撼树何须道，待看香江又一春。

注：①作于2019年8月10日。

2019年6月初开始，香港一些别有用心者借口"反修例"，多次组织游行示威，冲击立法会，打砸公物，袭击警察，甚至侮辱毁坏五星红旗，公然挑战"一国两制"底线，严重影响了香港的社会和市民生活。对于此骚乱，中央政府庄严宣告，香港必须止暴制乱，维护正常秩序；乱港者，必须绳之以法。

②韩愈："蚍蜉撼大树，可笑不自量。"（《调张籍》）

水龙吟·读王安石

九州历代风云，几人新政留青史？秦王毁誉，汉家功过，唐宗臧否。汤武相逢，六朝旧事，一江流水。正熙宁岁月，呼风唤雨，动朝野，惊天地。

却道英雄憔悴。叹阿娇，长门紧闭。邯郸一梦，人生失意，无分南北。茅舍小桥，树梢新月，葱葱佳气。看春风又绿，大江南岸，画图谁绘？

注：①作于2019年8月17日。

王安石（1021—1086），字介甫，号半山。宋仁宗庆历二年（1042）进士。任地方官时，曾上万言书，主张改革政治。熙宁二年（1069）擢升参知政事，前后两度为相。执政期间，大力推行新法，发展生产。由于受到保守派的强烈反对，其改革夭折。王安石晚年退居金陵。

②战国时期，秦国实行了商鞅变法。西汉时期，汉武帝实行了加强中央集权的政治、经济、军事改革。唐太宗时，实行政府机构改革、府兵制、均田制、修订唐律、改革科举制度等。

③阿娇，汉武帝陈皇后小名。长门，汉时宫名。史载，陈皇后曾贬居长门宫。

木兰花令·深圳感怀

满城景色人钦慕，八月凤凰花似炬。一番喜讯日边来，九万里风鹏正举。

莲花山上云霞舞，深圳湾前星月聚。凯歌浩荡四十年，明日灿然新乐谱。

注：①作于2019年8月21日。

2019年8月18日中共中央、国务院发布《关于支持深圳建设中国特色社会主义先行示范区的意见》之后，各方面反响热烈，深圳发展将进入一个更新、更高的阶段。有感于此而作。

②十，古入声字，用今音。

浣溪沙·己亥处暑

雷雨声中处暑来，但闻"白鹿"酿灰霾。凤凰依旧映楼台。

老子《田园》相作伴，清茶醇酒润双腮。阴晴凉热自开怀。

注：①作于 2019 年 8 月 24 日。8 月 23 日处暑，是日，深圳出现几番雷雨，一洗溽暑。
②白鹿，即 2019 年第 11 号台风"白鹿"。
③老子，指老子《道德经》。《田园》，即贝多芬《第六交响曲》，又称《田园交响曲》。

定风波·重读文天祥正气歌

  身世浮沉雨打萍,犹思古道叹零丁。囚室凛然迎鬼火,长坐。子规啼血故园情。

  河岳星辰涵正气,无际。英雄自古傲丹青。慷慨却别征战路,休诉。长歌浩荡动苍冥。

注:①作于 2019 年 8 月 31 日。

文天祥(1236—1282),南宋名相。南宋末年,他抵御元兵,兵败被俘。在拘囚中,受多方折磨,百般诱惑,最终不屈被害。

②子规,即杜鹃,相传为古蜀王杜宇之魂所化。

③别,古入声字,用今音。

临江仙·送我上青云

　　山上水边寻访去,芳心未解红尘。蒹葭白露可听闻?
但思凭借力,着意上青云。
　　人世纷繁常苦乐,流年莫误青春。扶摇万里傲昆仑。
闲云相对看,天地共一旬。

　　注:①2019年9月9日,观赏电影《送我上青云》后作。
　　②"万缕千丝终不改,任他随聚随分。韶华休笑本无根。好风凭借力,送我上青云。"(曹雪芹《红楼梦》)

阮郎归·教师节感怀

邕江相望少年时。讲坛初献痴。北山西侧舞新姿。才歌已告辞。

四十载，为谁师？参差桃李知。青天览月未曾奇。铿锵老骥诗。

注：①作于2019年9月10日。
20世纪70年代中期，余于广西南宁市郊一农场工作，受命创办农场子弟学校并由此开始从教生涯。
②北山，广西宜州市北山。20世纪80年代，余曾于此任教。

八声甘州·听"九一八"警报声

　　划长空,凛冽半天沉,雄浑乱云飞。正秋风几缕,骄阳初照,八面生辉。声起梧桐凝伫,南海浪如雷。九月晴和日,忧患相随。

　　犹记艰难世事,唱松花江上,万众同悲。看圆明园里,宫阙化烟灰。叹当年,九州羸弱,喜今朝,豪气四天垂。商周祚,汉家唐室,常系安危。

注:①作于2019年9月18日。
1931年9月18日,日本侵略者悍然入侵我国东三省,自此,"九一八"成为国耻日。深圳市政府于每年9月18日上午,鸣响警笛,警醒人们,勿忘国耻。
②商周,商朝和周朝。陆游:"远接商周祚最长,北盟齐晋势增强。"(《哀郢》)

虞美人·读龚自珍

吟鞭浩荡离京去。犹喜浔阳句。说今论古看东南。细数万重恩怨、史家传。

落花不是无情物。长作春泥觅。九州生气恃风雷。莫信诗人平淡、彩云追。

注：①作于2019年9月24日。
龚自珍（1792—1841），清代著名诗人。
②浔阳，晋代著名诗人陶渊明故里。龚自珍："陶潜酷似卧龙豪，万古浔阳松菊高；莫信诗人竟平淡，二分梁甫一分骚。"（《己亥杂诗》）

行香子·随沈从文湘西行

　　小渡轻舟。山道金骝。边城去,远近凝眸。《九歌》唱处,屈子吟游。看辰溪清、泸溪淡、内溪幽。

　　凤凰社戏,古丈门楼。沅江上,烟敛云收。桃花源里,几度春秋。正农家闲、渔家乐、酒家羞。

注:①作于 2019 年 9 月 30 日,读沈从文《湘行散记》后。沈从文,现代著名作家。《湘西散记》,湖南文艺出版社出版。
②《九歌》,屈原诗集,其中部分篇章吟咏湘水之神。

渔家傲·赠友人

熠熠勋章华诞至，争说父老凌云志。小女画图童趣寄。非游戏，画中画外欢声起。

犹念黄河秦陇地，魂牵南粤星光炽。敢问银滩多少里？无须计，金风玉露来天际。

注：作于 2019 年 10 月 2 日，赠晓帆友。晓帆父亲年轻时奔赴延安，投身革命。2019 年国庆节，老人家喜获中共中央、国务院和中央军委颁发的纪念勋章。

虞美人·和育毅重阳词

　　清风几缕南山道,遥望茱萸俏。良辰犹是万家同。不见一城旗帜、舞晴空。

　　当时共醉三峡水,潇洒英姿绘。流年未肯笑黄昏。待看满天星斗、又一轮。

注:①作于 2019 年 10 月 7 日,是日重阳节。

育毅,即罗育毅,余之老同事、老朋友。育毅喜爱读词填词,重阳节之日,作有《虞美人·重阳》:"黄花正艳娇颜好,疑是春来早。登高致远伫层峰。雾绕云飞身置梦魂中。感恩耳顺躯犹健,放眼山河灿。问君何所对黄昏。夜幕降临揽月又攀云。"

②峡,古入声字,用今音。

浪淘沙·布达佩斯

　　碧水润双城，别样风情。枝头秋色舞聘婷。古堡楼台林立处，水阔山青。
　　灯影耀群星，七彩琼英。依稀醉里画中行。料想繁华当日事，舞榭歌亭。

注：作于 2019 年 10 月 17 日。
布达佩斯为匈牙利首都，位于多瑙河两岸，两岸上分别为布达、佩斯。奥匈帝国时期，布达佩斯为欧洲的一个中心城市。

踏莎行·巴拉顿湖

绿水千顷,苍山万仞。云飞霞舞苍穹近。白帆点点映波涛,飞鸿来去人相问。

欧陆风姿,仙家情韵。一湾湖水鱼龙润。秋风起处漾涟漪,无端笑我新霜鬓。

注:作于 2019 年 10 月 18 日。
巴拉顿湖,位于匈牙利,是欧洲中部最大的湖泊,著名旅游度假地。

太常引·维也纳

一城风采四方来，宫阙为谁开？芳草映阶台。正秋色，风光漫裁。

几朝几代，雄豪佳丽，故事费人猜。依次数金钗。更何处，佳音满怀。

注：作于2019年10月21日。
维也纳，奥地利首都，历史文化名城，著名音乐之都。

一剪梅·布拉格

　　百塔名城傲异乡。水绕山环,古道红墙。自鸣钟下客纷纷,把盏倾听,回首端详。

　　春去秋来话短长。几代辛酸,几世辉煌。仙人指点耀繁星,昔日山前,今夜河旁。

注:①作于 2019 年 11 月 5 日。

布拉格,捷克共和国首都,历史悠久、城市建筑风格多样、色彩丰富,是世界上最早被认定为世界文化遗产的城市。

②传说,布拉格的创建者为莉布丝公主和她的丈夫,公主曾预言,她看见了一个伟大的城市,其荣耀能达到天上的繁星,整个世界都要赞美它。这座城市就是布拉格。

满庭芳·程阳风雨桥

　　风雨春秋,程阳佳境,百年永济廊桥。揽云观月,楼阁傲三朝。八寨峰回路转,鼓楼下,风物妖娆。人说道,侗家情重,此处最逍遥。

　　今宵。篝火旺,多耶浩荡,银饰飘摇。正芦笙长短,鼓角雄豪。才品油茶韵味,笑声里,痛饮醪糟。缘何醉,林溪十里,秋水但迢迢。

注:①作于2019年11月26日。
程阳风雨桥,又称程阳永济桥,位于广西三江侗族自治县林溪河上,系侗族人民审美情趣和建筑艺术相结合的杰作。
②多耶,侗族传统歌舞形式,踏歌而舞。

南乡子·过梧州

几次过梧州,水送山迎四十秋。犹见参差新旧巷,骑楼。烟树一城冰井柔。

碧水自东流,粤桂风光鹤岗收。莫道苍梧天样远,云游。六堡茶香飘五洲。

注:①作于 2019 年 12 月 2 日。

梧州古称苍梧。苏东坡自海南流放奉召返回时,途径梧州,曾留下诗篇:"九嶷连绵属衡湘,苍梧独在天一方。孤城吹角烟树里,落日未落江苍茫。"

②梧州骑楼,因保留了清末民初的建筑风貌而闻名。

③十,古入声字,仄声。

2018年　词42首，诗1首

水龙吟·读范仲淹

　　岳阳一记千秋，巴陵胜状人钦羡。远山衔挂，大江吞吐，洞庭湖畔。日月风霜，春秋冬夏，风光无限。道喜悲忧乐，庙堂进退，先天下，衷情献。

　　塞下秋来风景，戍楼高，夜寒天淡。衡阳雁去，燕然未勒，乡魂渐黯。庆历当年，风云新政，山河犹念。纵长烟落日，愁肠浊酒，且听羌管。

注：2018年1月3日，读范仲淹《岳阳楼记》后作。
范仲淹（989—1052），字希文。以进士官至参知政事，是著名政治家。

采桑子·甘坑小镇

甘坑冬日风光好,山色青葱。溪水淙淙。一树寒梅笑日浓。

忽闻鼓乐冲天起,舞动长龙。春意融融。故里风情小镇逢。

注:作于 2018 年 1 月 12 日。

甘坑小镇,位于深圳市龙岗区,原系客家人聚居的一个村子,现发展为一个民俗风情小镇。

渔家傲·丁酉岁暮感怀

富士樱花三月雪,冬宫丽日海军节。遥看南天星斗洁。风情阅,他乡异处常相接。

梦里天山秋色绝,朝来江海从头越。去罢陈疴新岁悦。青春结,依然历历缤纷叠。

注:作于 2018 年 1 月 20 日。

少年游·贺友人履新

津门瑞雪浥轻尘，三九鹊声勤。盘山银髻，海河絮语，杨柳画缤纷。

杏坛当日寻常见，身手惯听闻。燕赵新途，塘沽古渡，举目又一春。

注：①作于 2018 年 1 月 28 日。闻天津绍洪友履新职，作此以表贺意。
②盘山，位于天津境内，人称"京东第一山"，为历代游览胜地。

望江南·故乡游

风日好,千里故乡游。一路青山披锦绣,三江碧水向东流。八桂赛瀛洲。

说往事,把盏话难休。昔日少年嬉闹处,而今风物胜貂裘。一览解乡愁。

注:①作于 2018 年 2 月 5 日。
②瀛洲,传说中的仙山。李白:"海客谈瀛洲,烟涛微茫信难求。"(《梦游天姥吟留别》)

南歌子·澄江夜景

　　两岸灯如昼,江中月正柔。橙黄红绿柳枝头。风雨桥边相望,翠屏羞。
　　故土新颜绘,乡音老调稠。澄江浊碧几春秋。密洛陀歌新唱,晚云留。

注:①作于 2018 年 2 月 23 日。
澄江,广西都安县境内的一条河流,自北向南,汇入红水河。
②密洛陀,流传于都安县一带的瑶族神话传说中的女神。《密洛陀古歌》记载了密洛陀创世的丰功伟业。

蝶恋花·鹏城元宵

月上南山天水洁。百里鹏城,灯火辉相叠。才作金鸡花市别,又迎天犬元宵月。

万户千家容貌晔。鼓乐笙歌,韵味宫商结。今古风情何热烈,南腔北调长相悦。

注:①作于2018年3月2日,元宵节。
2017为农历丁酉年,鸡年;2018为农历戊戌年,狗年。
②宫商,中国古乐曲的两种调式。

蝶恋花·腾冲春景

　　柳细风轻山水暖。来凤茶花,正把春来扮。却道界头游客叹,无边景色蜂蝶乱。

　　小镇悠悠人眷眷。古巷亭台,相看夕阳转。热海绵绵呈梦幻,边城三月风情满。

注:①作于2018年3月17日。
腾冲,云南省西部城市,茶马古道重镇,滇缅抗战的后方基地和重要战场,著名旅游城市。
②蝶、夕,古入声字,用今音。

临江仙·瞻仰腾冲国殇墓园

忠烈祠前松柏立，朝随暮伴英魂。八千壮士泣昆仑。烽火滇缅路，热血怒江滨。

细数碑石行小径，惊飞深浅浮尘。参横斗转又一春。《九歌》不寂寞，绝唱有人神。

注：①作于 2018 年 3 月 24 日。

腾冲国殇墓园，为纪念二战期间收复滇西、攻克腾冲的中国远征军阵亡将士而修建的烈士陵园，建成于 1945 年 7 月。

②《九歌》，屈原的诗歌集，《国殇》系其中一篇。"诚既勇兮又以舞，终刚强兮不可凌。身既死兮神以灵，子魂魄兮为鬼雄！"

③石、一，古入声字，用今音。

江城子·游大观楼

　　大观楼下水波平。柳梢青，鹊声萦。姹紫嫣红，花絮恁轻盈。漫道东园夕照里，春风细，海鸥迎。

　　滇池百里润春城。映长亭，育琼英。拔浪千层，高阁几人登。两柱雄浑长短句，吟不尽，古今情。

注：①作于2018年3月31日。
大观楼，位于云南省昆明市，兴建于康熙二十九年（1690）。乾隆年间，孙髯翁为大观楼撰写180字长联，被誉为"天下第一长联"，大观楼由此举世闻名。
②咸丰三年（1853），咸丰皇帝为大观楼题"拔浪千层"匾。
③夕，古入声字，用今音。

南乡子·咏桂平西山

直上碧云间。叠嶂层峦小径闲。古寺千年香火续,绵绵。细品春秋冬夏缘。

独秀桂中天。一脉龙山万里牵。若问濂溪当日境,涓涓。且看三江逐浪船。

注:①作于 2018 年 4 月 17 日。
桂平西山,著名风景名胜区,位于广西中南部。
②濂溪,西山一名胜。北宋理学家周敦颐(号濂溪)曾到桂平讲学,游西山,故当地人以其号命名濂溪。

浪淘沙·过金田

乘醉过金田,满眼斑斓。犀牛岭上老营盘。历历当时烽火起,地动山颠。

往事忆千端,难道如烟。雕鞍玉勒梦魂间。不见浔江东逝处,古镇新颜。

注:作于 2018 年 4 月 18 日。

金田,即广西桂平市金田镇,1851 年,洪秀全等在此起义,历时 14 年的太平天国运动由此爆发。

太常引·德天瀑布

　　一帘飞瀑挂南疆，天地焕新装。珠玉水中央。硕龙引，神来壮乡。

　　归春水暖，浦杨山立，异域共风光。世事几沧桑。界碑处，莺闲燕忙。

注：①作于2018年4月20日。
德天瀑布，位于广西大新县归春河上游，我国与越南的交界处，系著名的跨国大瀑布。
②界碑，即中越53号界碑，立于清朝末期，2001年重新勘定。

贺新郎·合浦东坡亭读苏东坡

亭阁瞻天宇。记当年,天涯倦客,海滨归路。叠瓦飞檐风起处,萦绕诗魂无数。看碧井,珠还合浦。出岫孤云何求伴,又谁人,长诵东坡语。古郡叹,岭南诉。

从来天意难寻取。算几回,宦海沉降,世途逆旅。竹杖芒鞋一何似,沐浴斜风细雨。君不见,大江东去。莫叹倦游无驷马,但把盏,对月翩然舞。仍指点,今和古。

注:①作于 2018 年 5 月 3 日。
合浦东坡亭,位于广西合浦县廉州镇。宋元符三年(1100),苏东坡从贬所儋州奉召移廉州安置,在廉州清乐轩居住了两个多月。后人为纪念,在清乐轩故址修建了东坡亭。
②杜甫:"天意高难问,人情老易悲。"《暮春江陵送马大卿公》
③一,古入声字,用今音。

好事近·感　怀

逆旅又一程，相伴故交新结。风里雨中几处，咏阳关三叠。

凤凰怒放自年年，花映日高洁。且去桃源故里，看水柔山倔。

注：作于2018年5月29日。

卜算子·重到好莱坞

　　重到好莱坞，依旧风情俏。影视奇观任点评，一日容颜少。

　　别去二十年，还走星光道。且看八方游客欢，各自乡音笑。

注：①作于 2018 年 6 月 3 日，重游美国洛杉矶好莱坞环球影城后。
②星光道，即好莱坞星光大道。
③十、八，古入声字，用今音。

木兰花令·黄石公园

　　远山近水声名汇,初夏风光游客醉。群峰俯仰贯长虹,碧水清幽争妩媚。

　　腾腾梦幻千泉沸,雾里风中七彩缀。涛声动地半天来,飞瀑三叠斜日对。

注:①作于2018年6月9日。

黄石公园,美国第一个国家森林公园,位于美国中西部,以地热温泉、峡谷、瀑布和森林著称,是一著名游览胜地。

②七、叠,古入声字,用今音。

浪淘沙·羚羊彩穴

异彩恁斑斓,洞穴奇观。依稀梦幻彩虹间。几缕清光相照耀,别见云天。

大漠去无边,陈迹新篇。忽闻古调唱晴滩。欲与羚羊说土著,已是千年。

注:①作于2018年6月12日。
羚羊彩穴,位于美国亚利桑那州北部沙漠印第安人部落的一处地质奇观。
②说,古入声字,用今音。

好事近·科罗拉多大峡谷

一水九回来,千壑万岩飞越。绝壁兀峰争秀,沐骄阳霜雪。

人言此地酷风姿,挥袖揽星月。我自纵情俯仰,看霞光明灭。

注:作于 2018 年 6 月 20 日。

科罗拉多大峡谷,位于美国中西部亚利桑那州,世界著名大峡谷,全长 446 千米,平均深度超过 1500 米。大峡谷岩层嶙峋,绝壁兀峰,气势磅礴,色彩缤纷,乃自然奇观。

菩萨蛮·尼亚加拉大瀑布

美加原上千重水,烟波浩荡拥精粹。飞电满山崖,白虹舞浪花。

惊雷朝又暮,梦幻风和雨。天宇不留神,斗牛光焰分。

注:①作于2018年6月23日。

尼亚加拉瀑布,位于美国纽约州和加拿大安大略省的交界处,世界第一大跨国瀑布,宽广壮阔,汹涌澎湃,气势雄伟,魅力无边。

②斗、牛,均属二十八星宿。

踏莎行·小　暑

　　暮雨连番，朝云几片。沉沉溽暑清风慢。南山红荔尚余香，梅沙细浪腾深浅。

　　春走八方，夏吟河汉。闲山趣水殷勤伴。人生逆旅又一程，如何寒暑频繁算。

注：①作于 2018 年 7 月 7 日，是日小暑。
②八、一，古入声字，用今音。

临江仙·师生缘

千里珠江来粤桂,师生缘分依然。绵绵难忘是瑶山。峥嵘一岁月,苦乐几诗篇。

且把新茶迎溽暑,尊前细数群贤。星移物换四十年。人约九月里,故土共开颜。

注:①2018年7月11日与傅燕琼老师品茗后作。傅老师为广西桂林市人,余20世纪70年代初于故乡广西都安县上中学时的英语老师。80年代中期余调深圳工作,又遇到了在深圳中学任教的傅老师,师生情谊,愈加珍惜。

②一、十、约,古入声字,用今音。

浣溪沙·重读李商隐

吟罢高松唱晚晴，桂林城上小窗明。只缘春去夏犹清。

系日长绳无觅处，何妨因梦上青冥。无端锦瑟伴君行。

注：①作于2018年8月10日。

李商隐（813—858），晚唐著名诗人，曾随桂管观察使郑亚到广西桂林，在桂林期间，写下了《晚晴》《高松》等诗篇。

②屈原："据青冥而摅虹兮，遂儵忽而扪天。"（《九章》）

点绛唇·走梅沙

　　几度匆匆，梅沙十里波涛望。水柔山仰。总是神奇状。

　　谁遣巨轮，海上宏图放。暑天朗。白云千丈。无尽风情漾。

注：①作于2018年8月12日。
梅沙，即深圳大梅沙、小梅沙，著名海滨景区。
②大、小梅沙与深圳盐田港相邻，进出盐田港的货轮，均从大、小梅沙海上驶过。盐田港每年的货物吞吐量排名世界大港口前列。

蝶恋花·观赏《朗读者·故乡》

争道故乡情未已。苍鬓朱颜，同把乡音比。休笑贾生荣耀炽，依然父老家园记。

慷慨藏家一赤子。筑路深山，故土连天际。欲问郑翁尘世事，乡愁总在诗情里。

注：①作于2018年8月5日。

央视《朗读者》是一个深受欢迎的节目。2018年8月4日晚的《朗读者》，以"故乡"为主题，著名电影导演贾樟柯，藏族人斯那定珠，郑成功的第11代孙、著名诗人郑愁予分别讲述故乡的故事，朗读诗文，尽情抒发对故乡的拳拳情意。

②一、古入声字，用今音。

浪淘沙·观赏苏炳添亚运夺冠

百米竞争先。飞箭离弦。印尼岛上谱新篇。且看中华奇子弟,一步冲天。

万众俱欢颜。喜上云间。健儿奋勇更无前。处暑时节逢亚运,壮我轩辕。

注:①作于2018年8月26日。是日晚,在印度尼西亚的雅加达举办的第18届亚运会男子百米决赛中,中国选手苏炳添力压群雄,全程领先,以9秒92的成绩夺得冠军,并刷新了亚运会记录。

②节,古入声字,用今音。

水调歌头·读《诗经》

朝日挂高阁,抚卷咏诗经。国风大雅周颂,字句辨分明。才遇窈窕淑女,又见翩翩君子,细细谷风迎。七月正流火,何处有鹿鸣。

唱生民,歌日月,唤维清。诵吟百世,依依杨柳对离亭。诗意从来久远,比兴何须惆怅,晴雨伴君行。谁似孔夫子,老去尚批评。

注:①作于2018年9月2日重读《诗经》后。
《诗经》,我国第一部诗歌总集,共收作品305篇,分风、雅、颂三部分。赋、比、兴,为诗经的主要表现手法。
②据《史记》,《诗经》系孔子所删定。

诉衷情·游金沙湾

　　一湾碧水古亭台。景致满襟怀。金沙十里飞练,试把浪花裁。

　　鹏正举,向天涯。水中来。山容海色,鸥鹭闲云,谁与相猜。

注:①作于2018年9月9日。
金沙湾,深圳市大鹏新区著名海滨旅游景区。
②据考古发现,深圳市大鹏湾咸头岭7000年前就存在人群部落。明洪武年间,始建大鹏所城。

菩萨蛮·台风"山竹"来袭

"山竹"一串来天外，八千里路惊南海。风劲乱千山，雨狂荡故园。

去来随造物，八卦何须拂。待看水风清，中秋月更明。

注：2018年9月16日，当年第22号强台风"山竹"掠过南海，于广东省江门市台山海晏镇登陆，深圳受该台风影响，风暴雨疾，道路、树木、房屋、水电设施等，均有不同程度受损。此篇作于台风登陆次日。

踏莎行·大连棒槌岛

戏水一方，听风八处。辽东望尽朝和暮。金沙峭壁绿波前，海鸥飞过霞光露。

远古轻烟，抗倭弓弩。青峰历历千年路。至今犹唱逝翁诗，浪涛来处轻舟舞。

注：①作于2018年9月27日。
棒槌岛，位于辽宁省大连市，山海相依、景色迷人的一处名胜。
②与棒槌岛咫尺相望的沙滩上，一块巨石镌刻着毛泽东手书的叶剑英诗《七律远望》："忧患元元忆逝翁，红旗飘渺没遥空。昏鸦三匝迷枯树，回雁兼程溯旧踪。赤道雕弓能射虎，椰林匕首敢屠龙。景升父子皆豚犬，旋转还凭革命功。"
③一、古入声字，用今声。

永遇乐·肇庆七星岩

碧水千顷,翠峰七簇,南粤星斗。石室藏奇,玉屏揽胜,天柱祥云走。五亭秋色,八音古调,应是卧佛点就。问三仙,蟾蜍何日,细数绿榕垂柳。

崧台一洞,今昔墨客,写尽此间锦绣。宋韵唐风,长歌短赋,壁上情思镂。浅吟低唱,穿岩戏水,惊落一掬红豆。西江望,端州浩荡,天高地厚。

注:①作于2018年10月8日。
七星岩,位于广东省肇庆市,著名的山水名胜,因湖中七座山峰状如北斗七星而得名。
②端州,历史文化名城,汉代始设县治,隋开皇九年(589)始设立端州,现为肇庆市中心区。

江城子·端州阅江楼

阅江楼上尽风光。沐朝阳，转回廊。庭院参差，举步是华章。不见雄狮蟠踞处，旗帜漾，伴戎装。

凛然浩气聚一方。宋城旁，水天长。峡砚清风，唤起满庭芳。咫尺梅庵无寂寞，人来去，漫思量。

注：①作于 2018 年 10 月 10 日。

阅江楼，位于广东省肇庆市端州区，始建于明宣德年间。北伐战争时期，阅江楼曾为叶挺独立团团部所在地。

②一，古入声字，用今音。

阮郎归·横州游

九龙飞瀑唱晨昏,声声遏碧云。逶迤南望是西津。无边茉莉醇。

伏波记,少游闻。郁江几度春。南山他日浥轻尘。横州祭祖魂。

注:①作于2018年10月15日。
横州,现广西横县,汉元鼎六年(前111)始设县,唐贞观八年(634)设横州。
②伏波,即汉代伏波将军马援,曾率军驻扎横州。少游,即北宋"苏门四学士"之一的秦观。绍圣元年(1094),秦观因"坐党籍"遭贬,继而被诬"增损实录"而先后贬至郴州、横州。

鹧鸪天·都峤山

翠壁层岩两洞天,都峤景致看斑斓。仙人峰上斜阳转,白鹤塘中碧水闲。

八桂慕,岭南传,东坡霞客醉山间。何须罗汉说玄妙,庆寿岩前听杜鹃。

注:①作于2018年10月25日。
都峤山,位于广西容县,集道教、佛教、儒教于一体,著名风景名胜。北宋苏东坡,明代徐霞客,曾先后到都峤山游览,留下佳话。
②说,古入声字,用今音。

清平乐·鼎湖山

　　岭南一鼎。人道无双境。雾里群峰如幻影,峡谷平湖宁静。

　　菩提花雨缤纷。晨钟暮鼓雄浑。相伴西江万载,风情冬夏秋春。

注:①作于2018年11月5日。
鼎湖山,位于广东省肇庆市,广东四大名山之一。
②谷,古入声字,仄声。

定风波·旅顺口

　　两海偎依半岛牵,潮头来处渺云天。唤雨呼风狮子口,远久。北洋重镇诉当年。
　　甲午风云多少恨,长问。黄金白玉恁无言。喜看八一旗帜舞,朝暮。山前水上焕新颜。

注:①作于2018年11月10日。
旅顺口,位于辽东半岛南端,我国北方海上重要门户。元代称旅顺口为"狮子口"。清光绪六年(1880),李鸿章在旅顺口建成北洋水师基地。
②一,古入声字,用今音。

渔家傲·读《老人与海》

　　独钓小舟来远海，秋风秋日云天外。梦里雄狮依旧在。休惊怪，沧桑岁月船头载。
　　岂有鱼鳖成大碍，斗鲨却恨朱颜改。动魄惊心无懈怠。何言败，明朝复去雄风再。

注：①作于2018年11月13日。
《老人与海》是美国作家海明威的著名小说。海明威凭此作品先后获得1953年度普利策奖、1954年度诺贝尔文学奖。
②"人不是为失败而生的，一个人可以被击倒，但不能被打败。"这是小说中老人的话。

八声甘州·咏昆仑关

　　立南天，万壑贯松涛，千峰化雕鞍。看牡丹岭上，昆仑山下，几处硝烟。不道秦关汉塞，三鼓上元寒。但送邕江水，东去湍湍。

　　血色雄关堪叹，忆英魂不朽，雠寇谁怜。数层层碑柱，历历见当年。话沧桑，古关楼上，正几人，风雨洗尘颜。昆仑在，山河未老，汉帜依然。

注：①作于 2018 年 11 月 18 日。

昆仑关，位于广西南宁市东北郊，始建于秦汉时期，为南北交通要塞，历来兵家必争之地。1939 年 12 月，国民革命军第五军在昆仑关与日本侵略军展开殊死战斗，重创日军，夺回昆仑关。

②史载：北宋大将狄青曾率部于上元节与时地方首领侬智高大战于昆仑关，史称"上元三鼓夺昆仑"。

③昆仑关战役后，《义勇军进行曲》（国歌）词作者田汉到访昆仑关并题诗："一树桃花惨淡红，雄关阻塞驿楼空。倭师几处留残垒，汉帜依然卷大风。"

木兰花令·涠洲岛

山前水上风光绕。北部湾中缥缈岛。丹屏滴水映斜阳,五彩海滩成古调。

汤翁几日停舟棹。月下吟珠情意道。南来北去雁殷勤,总恋涠洲风物俏。

注:①作于 2018 年 12 月 2 日。

涠洲岛,广西北海市的一个海岛,位于北部湾中。

②汤翁,明代著名戏剧家汤显祖。据史载:万历十九年(1591)汤显祖因上疏抨击朝政,被贬广东徐闻典史,期间,游历涠洲岛,并作《阳江避热入海,至涠洲,夜看珠池作,寄郭廉州》:"日射涠洲郭,风斜别岛洋。交池悬宝藏,长夜发珠光。"

临江仙·读杜甫

望岳东来吟造化，阴阳昏晓寻常。深知宋玉亦悲凉。致君尧舜上，愤惋向何方？

花径何须缘客扫，草堂别样风光。青春作伴好还乡。李白思念处，汶水浩汤汤。

注：①作于 2018 年 12 月 7 日。
②杜甫与李白相识甚厚，互相赠诗。李白："思君若汶水，浩荡随南征。"（《沙丘城下寄杜甫》)

南乡子·游南海

　　海阔未彷徨。无尽风光伴远航。才送晚霞天际去，飞翔。又见波光水上扬。

　　异域访城乡。晴雨连番话短长。不见观音无语处，苍茫。一处山川一处妆。

注：①作于 2018 年 12 月 10 日。
②越南岘港市灵应寺旁，矗立着一座观音塑像，高大慈祥，面向大海。

贺新郎·戊戌回首

年岁从容别。几回回,放怀山水,寄情星月。异域风光黄石醉,常念羚羊彩穴。惊瀑布,天倾山裂。南海邮轮逍遥去,看芽庄,晴雨争相叠。何处问,旧宫阙。

闲来仍把诗书阅。对今昔,酒仙诗圣,鬼雄人杰。清秀山间同窗会,笑语惊飞彩蝶。说往事,一腔热血。意气当年冲霄汉,到如今,犹未忧风雪。诗酒对,两相悦。

注:作于 2018 年 12 月 30 日。

七律·次韵晓帆伉俪

漫步鹅城数宝藏,罗浮看罢道东江。
一方古郡风情好,十里西湖潋滟光。
野寺岚烟寻故事,苏堤垂柳冠霓裳。
春光莫负平生意,遍览辋川日月长。

注:①作于 2018 年 4 月 22 日。晓帆发来其夫妇合作七律《春游惠州》,感其情意,遂次韵以和。

李晓帆、李音《春游惠州》:"花堤深处花洲藏,半山湖色半城江。三月踏青知何处,直美鹅城好春光。难得当初苏郎志,相携黎民挽泥裳。何妨留心游晚景,不辞岭南岁月长。"

②鹅城,广东省惠州市之别称。辋川,唐王维别业所在。"王维画辋川图,山谷郁盘,云水飞动,意出尘外,怪生笔端。"(《唐朝名画录》)

2017 年　词 33 首

少年游·惠东赏梅

盘山道上客纷来。一睹早梅开。惠东城外，巽寮湾畔，花事待人猜。

新枝老树琼英绽，点点入情怀。蜂舞莺啼，枝头眉上，景色任君裁。

注：作于 2017 年 1 月 3 日。
广东惠东县梁化林场山上，片片梅林，花蕊初吐，雪白晶莹，每年花开时节，游客纷至。

洞仙歌·瞻仰中山纪念堂

万般气象，自雍容华贵。肃穆厅堂逸仙讳。绿榕旁，云鹤华表擎天；红棉伴，九五尊严无愧。

为国倾热血，亲爱精诚，逐浪迎风唤南北。矢志起共和，慷慨从容，作方略，山河重绘。斯人去，九州祭英魂；对世纪风云，几回欣慰。

注：作于2017年1月10日。

广州中山纪念堂，位于越秀山下，始建于1929年，1931年落成，庄严肃穆，富丽堂皇，体现了人们对民主革命伟大先行者孙中山先生的崇敬和纪念。

江城子·凤凰古村行

　　凤凰山下古村行。探门庭,赏琼英。街巷横斜,人去燕相迎。风雨春秋多少代,说两宋,数明清。

　　宗祠依旧四方情。叹零丁,记丹青。正气浩歌,世代谨传承。回首小村思往事,谁家唱,看花灯。

注:①作于 2017 年 2 月 28 日。

　　凤凰古村,位于深圳市宝安区凤凰山下,相传系南宋文天祥后人的聚居地,如今古村内尚有几百座明清时期的建筑。

　　②说,古入声字,用今音。

南歌子·南头古城

几处风云录,一城故事传。南山相望越千年。关帝庙前寻觅,土城垣。

会馆说晴雨,衙门见暑寒。零丁洋上浪滔天。且看新安故地,唱新篇。

注:①作于2017年3月2日。

南头古城,位于深圳市南山区,汉代在此设盐官驻地,东晋为东官郡城,明清为新安县城,为历代岭南沿海地区的行政管理中心和海防要塞,与零丁洋咫尺相望。

②一、说,古入声字,用今音。

临江仙·观音山

常念观音初到访,晨钟暮鼓当时。青峰十里映虹霓。祥云来去处,小径化菩提。

冬夏春秋风景媚,踏青访古相宜。老仙岩上叹神奇。依稀天地外,莫道此山低。

注:作于2017年3月6日。

观音山,位于广东东莞市樟木头镇,相传此山为观音初抵中华时停留之处,自盛唐起,山顶即建有观音禅寺。

青玉案·岚山瞻仰周恩来诗碑

春光作伴岚山路。水天恋,山风抚。渡月桥边人去处。竹青松傲,梅香樱舞。七彩和服妒。

周公足迹人倾慕。小径风尘几回睹。热血一腔随雨雾。人间万象,诗中情愫。吟唱丹心谱。

注:①作于2017年3月31日。

岚山,日本京都著名景区。1919年4月,正在日本留学的周恩来游览岚山,写下《雨中岚山》一诗。1979年,"周恩来诗碑"建成并屹立在岚山上。

②周恩来:"雨中二次游岚山,两岸苍松,夹着几株樱。到尽处突见一山高,流出泉水绿如许,绕石照人。潇潇雨,雾蒙浓,一线阳光穿云出,愈见娇妍。人间的万象真理,愈求愈模糊。模糊中偶见着一点光明,真愈觉娇妍。"(《雨中岚山》)

③一,古入声字,用今音。

西江月·雪中游奈良

小道乡村留步,山间古郡寻春。满天飞雪舞缤纷。相衬奈良神韵。

昨日风情犹在,今宵老调难闻。阿知故宅是何村?且待明朝叩问。

注:①作于 2017 年 4 月 2 日。
奈良,日本古都(710—794),日本历史和文化的重要发祥地。
②阿知,刘阿知,汉献帝玄孙。据传,公元 289 年,刘阿知率家族二千余人东渡日本避难,获日本天皇赐"东汉使主",定居奈良。

木兰花令·富士山

　　千山耸立一峰雪。百里风光今古绝。倒悬玉扇五湖平，直看芙蓉星斗接。
　　客来忍野清泉悦。人去火神峰壑叠。唐风吹送忆当时，遍赏樱花随日月。

注：①作于2017年4月6日。
富士山，日本著名山峰，又称芙蓉峰。最早在日本生活的阿依努人将富士山尊为"火神"，"富士"即阿依努语"火神"。
②一，古入声字，用今音。

蝶恋花·苏 堤

一线长堤春意闹。南北相牵,十里吟昏晓。夹道青烟杨柳俏。无边水色峰峦小。

相望雷峰听古调。风雨连番,依旧斜阳照。老葑已成湖底沼。六桥犹在风姿傲。

注:作于2017年5月10日。

苏堤,杭州西湖十景之一。北宋苏东坡任杭州知府时,疏浚西湖,利用挖出的葑泥构筑而成。苏堤北起栖霞岭,南至南屏山麓,全长近3公里。

水龙吟·咏湘湖

　　万顷碧水连天，萧山苍翠东风暖。钱塘潮涌，西湖雨后，年年见惯。一叶残舟，几丝陈絮，故人遥远。对八千往事，春秋吴越，寻常处，湘湖畔。

　　却道卧薪尝胆，越王城，谯门堪叹。山泉洗马，野台点将，遗踪深浅。西子无言，固陵有道，何须牌匾。正天高地阔，跨湖桥上，彩旗新燕。

注：①作于 2017 年 5 月 12 日。

湘湖，位于浙江省杭州市萧山区，与西湖隔钱塘江相望，被誉为西湖的"姊妹湖"。湘湖内的"跨湖桥文化遗址"，发掘出土了世界上最早的独木舟。

②越王城山，即固陵，春秋时越王勾践屯兵抗吴的地方。洗马池、点将台，均为当年遗址。

③西子，即西施。越王勾践卧薪尝胆，西施被送至吴国陪伴吴王夫差，越国打败吴国之后，范蠡携西子乘扁舟离开越国，遁迹尘世。

菩萨蛮·杭州飞来峰

飞来峰上湖山望,参差洞壑风云荡。灵隐殿堂前,嵯峨一线天。

欲说灵鹫远,还看冷泉漫。慧理再来时,东南山水奇。

注:①作于 2017 年 5 月 16 日。

飞来峰,杭州西湖畔著名景点,相传印度僧人慧理禅师东晋时云游到杭州,见一山峰而叹曰:"此乃天竺国灵鹫山一小岭,不知何以飞来?佛在世日,多为仙灵所隐。"飞来峰由此得名。

②灵隐寺,江南名刹,与飞来峰咫尺相望。

采桑子·杭州筑梦小镇

　　余塘河畔春光早，柳细花侬。宾客匆匆。访古言今小镇中。

　　黄杨古树知何处，溪水淙淙。且看群雄。筑梦仓前风采浓。

注：①作于2017年5月20日。
杭州筑梦小镇，位于杭州市余杭区，是一个亦中亦洋、亦新亦旧的地方。
②仓前，筑梦小镇的核心区域，曾被誉为"天下粮仓"；历史文化深厚，演绎过杨乃武和小白菜的故事，国学大师章太炎的故居座落其间。

木兰花令·南社古村

　　茶山远近依稀看,庭院清幽南北贯。一村故事上千年,四片池塘春水满。

　　古榕树下听新燕,百岁坊前观故區。谢家子弟自来贤,莞草芬芳星斗伴。

注:作于 2017 年 5 月 25 日。

南社古村,位于广东省东莞市茶山镇,据《南社谢氏族谱》记载,南宋末年,谢安后人自会稽迁到东莞,定居南社。如今南社村仍保留众多明清古建筑。

渔家傲·南岳衡山

南岳巍巍南天舞,相随日月看湘楚。万丈祝融霜雪铸。擎天柱,回飙吹散千重雾。

大庙依然香火聚,湘江回首春秋度。忠烈祠前忠烈数。丰碑竖,山巅朱凤歌朝暮。

注:①作于2017年5月30日。
衡山,又名南岳、寿岳,位于湖南省衡山市。祝融峰为衡山最高峰。
②大庙,南岳大庙,位于衡山脚下。

满江红·石鼓书院

南岳钟情,蒸湘会,一山锦绣。人见惯,北来回雁,四时江柳。石鼓轰鸣成往事,朱陵风月吟长久。问诸葛,当日可筹谋,观星宿?

山门上,应俯首;江亭望,须晴昼。数沧桑八景,七贤成就。旷代儒风勤仰止,江山才俊争先后。愿此间,光彩又千年,青春秀。

注:①作于2017年6月2日。

石鼓书院,位于湖南省衡阳市,坐落于蒸水与湘江汇流的石鼓山上,始建于唐元和五年(810年),宋代"四大书院"之一。

②东汉建安十三年(208),诸葛亮以军师中郎将驻临蒸(今衡阳),督办长沙、零陵、桂阳三郡,住在石鼓山上。石鼓书院里有武侯祠。

诉衷情·参观衡阳保卫战纪念馆

当年一战舞硝烟。热血洒江天。横刀怒向敌寇,壮士感轩辕。

风雨过,楚天宽。看新颜。湘江蒸水,回雁峰旁,英烈长眠。

注:作于2017年6月7日。

衡阳保卫战,1944年6月23日至8月8日国民革命军第10军为保卫衡阳与日本侵略者展开的一场激战,第10军以一万七千人的兵力,与十余万日军殊死战斗43个昼夜,谱写了一曲抗日正面战场上的壮歌。

八声甘州·游敦煌

　　正炎炎、丽日耀长空，大漠荡孤烟。看鸣沙山上，月牙泉畔，五彩斑斓。驼队欢歌笑语，来往履平川。人到敦煌醉，故事千年。

　　漫道莫高窟里，叹奇观瑰宝，天上人间。算雅丹尘土，丝路几回还。笑春风，雄关不度；又谁知，党水潺湲。阳关上，壮怀杯酒，极目凭阑。

注：①作于 2017 年 7 月 11 日。
莫高窟、阳关、鸣沙山、月牙泉、雅丹，均为敦煌著名历史文化景区。
②党水，即党河，流经敦煌。雄关，即玉门关，丝绸之路上的重要关隘。

诉衷情·月牙泉

清柔似月伴沙山。戈壁一重天。祁连雾雪霜露,都向水中牵。

情澹澹,韵绵绵。胜婵娟。千回风暴,百里鸣沙,犹自清闲。

注:作于 2017 年 7 月 13 日。

月牙泉,甘肃省敦煌市一著名景点,因状似月牙而得名。其四周为鸣沙山。鸣沙山沙浪滚滚、热气腾腾,而月牙泉则常年碧水,清澈轻盈,经冬夏而不干涸,历千年而未枯竭,成为戈壁大漠中的胜景。

贺新郎·咏嘉峪关

举世夸嘉裕。看雄关,虎行大漠,龙蟠天宇。倚剑楼头青海远,相守黑山岩土。又几次,祁连争睹。光化门前腾瑞气,四郡开,旗帜城头舞。堪忆念,是先古。

丝绸古道连天去。但迢迢,冰河戈壁,朔风小渡。疏勒翩翩迎驼队,罗马春秋人妒。对两汉,唐宗宋祖。无限风光西北望,立严关,驻马听鼙鼓。城未老,系情愫。

注:①作于2017年7月20日。
嘉峪关,位于甘肃省嘉峪关市,古丝绸之路交通要塞,明万里长城西端起点,始建于明洪武年间,被誉为"天下第一雄关"。
②黑山,与嘉峪关咫尺相望,上有悬壁长城。疏勒,现喀什,古丝绸之路上的重镇。

浪淘沙·长城第一墩

万里一雄墩。西北风尘。长城此去护昆仑。但送滔滔东逝水,呼号雄浑。

大漠锁烟云。浩气犹存。故关杨柳又逢春。回首茫茫戈壁处,日月星辰。

注:①作于2017年7月25日。

长城第一墩,位于甘肃省嘉峪关市,与嘉峪关咫尺相连,系明万里长城的最西端,筑于明嘉靖十八年(1539)。

②一,古入声字,仄声。

青玉案·回宜州

几回梦里宜州路。访故地,乘风去。三姐乡中沉暑度。龙江春水,北山秋色,山谷情牵处。

师生重聚说朝暮。相忆当时觅佳句。沧海桑田知几许。春秋冬夏,天南地北,共享晴和雨。

注:①作于 2017 年 7 月 28 日,用北宋黄庭坚兄弟韵。
宋崇宁二年(1103),黄庭坚以"幸灾谤国"罪名被朝廷除名,流放宜州,黄庭坚兄黄大临用贺铸韵作《青玉案·千峰百嶂宜州路》送别,黄庭坚步韵作《青玉案·烟中一线来时路》。
②三姐,即壮族歌仙刘三姐。据宜州地方志,刘三姐为宜州下枧河畔人。
③说,古入声字,用今音。

西江月·游圣彼得堡

　　昨夜一城微雨，今朝百里晴空。闲情雅趣上冬宫。涅瓦河边寻梦。
　　三五辉煌庭院，几多成败英雄。星移物换又东风。且看天鹅舞动。

注：①作于2017年8月7日。
圣彼得堡，俄罗斯历史文化名城，曾更名"列宁格勒"，十月革命前为俄罗斯首都。冬宫，原俄国沙皇皇宫，18世纪俄国建筑的典范，世界著名博物馆之一。
②芭蕾舞源于圣彼得堡。芭蕾舞剧《天鹅湖》为圣彼得堡皇家芭蕾舞团的经典之作，百年长盛不衰。

太常引·莫斯科红场

　　雨晴寒暑任思量。举世一红场。咫尺尽沧桑。放眼望，巍峨教堂。

　　惊雷十月，峥嵘二战，寰宇谱华章。相伴是红墙。再何日，风光四方。

注：作于 2017 年 8 月 13 日。

红场，俄罗斯首都莫斯科市中心的著名广场，与克里姆林宫相邻，始辟于 15 世纪末，17 世纪取名"红场"。几个世纪以来，俄罗斯（包括苏联）许多重要的历史事件，都与红场密切相关。

定风波·谢尔盖耶夫小镇

　　日照高楼绽盛装,风吹十字更轩昂。忽见群鸽飞散去,无数。一方小镇盛名当。
　　世代谆谆传教义,谁比?教堂矗立对八方。圣水亭中掬圣水,陶醉。前生后世莫思量。

注:①作于2017年8月22日。
谢尔盖耶夫镇,俄罗斯莫斯科近郊的一处城镇,始建于14世纪。
②八,古入声字,用今音。

沁园春·咏辛弃疾

　　壮岁旌旗，马上风云，醉里敌营。上《美芹十论》，披肝沥胆；煌煌《九议》，壮志豪情。长剑揖天，阑干拍遍，依旧闲愁对雨晴。谁相伴，纵十年高卧，一意前行。

　　奈何白发催生。望西北英雄无泪倾。叹安石倜傥，东山歌酒；渊明啸傲，垄亩躬耕。把盏长亭，沉吟词赋，何用追思恨灞陵。君不见，正乘风直上，万里鲲鹏。

注：①作于2017年9月7日。

辛弃疾（1140—1207），字幼安，号稼轩，山东历城人，南宋伟大的爱国词人。少年时曾聚众起义抗金，后南归。有大略，力主抗金，历任提点江西刑狱、湖北转运副使等。《美芹十论》，辛弃疾呈宋孝宗的奏章；《九议》，辛弃疾呈朝廷的抗金主张。

②敌，古入声字，仄声。

鹧鸪天·读《洛神赋》

　　一去京师叹路遥。丽人相看万般娇。朝霞初现芳泽软，皓月凌波风韵描。

　　解玉佩，但相邀，人神殊道日西飘。丈夫四海忧国难，欲竦轻躯逐浪高。

注：①作于2017年9月6日。

《洛神赋》，东汉曹操第三子曹植（192—232）的名作，描写作者离开京师返回东藩途中，巧遇洛神宓妃，"悦其淑美，心振荡而不怡"，"恨人神之道殊，怨盛年之莫当"，"怅盘桓而不能去"。

②泽、国，古入声字，用今音。

鹧鸪天·赠曹郎

本是诗仙故里人。却来南海弄图文。西行漫记欧洲事,东去长吟故土神。

迷创意,正殷勤。手机图像化缤纷。携来万物轻装点,酒罢情怀别样醇。

注:作于 2017 年 9 月 17 日。

曹郎,即曹宇,余赴国外进修学习同学,深圳出版发行集团副总。著有《走入欧洲:一个当代中国人的西行漫记》《图手创意:手机时代的跨界艺术》等。

曹宇为四川省江油市人,江油系"诗仙"李白故里。

南乡子·重读陆游

一意为谁谋？侠气峥嵘盖九州。老去丈夫功未立，凝眸。北望中原泪自流。

莫道觅封侯。万卷诗书岂为酬？看尽江湖浮世事，何求。且喜三山春雨稠。

注：①作于 2017 年 9 月 20 日。

陆游（1125—1210），字务观，号放翁，南宋伟大的爱国诗人，存诗九千四百多首，词两百多首。

②三山，即三山别业，陆游晚年住处，位于浙江山阴。

菩萨蛮·从深圳到基督城

扶摇直上三千里，星光作伴来天际。昨日尚思秋，今朝春水柔。

环球同日月，景色常相叠。举手揽浮云，天涯当比邻。

注：作于 2017 年 10 月 10 日。

基督城，新西兰南岛的一座城市。南半球与北半球的季节相反，10 月北半球正是金秋，地处南半球的新西兰则春光明媚。基督城是一座花园城市，春光中，绿草茵茵，百花浓艳，一派生机勃勃景象。

行香子·望星空

　　斗转参横,柳暗箕明。月娟娟,桂树宫庭。春风料峭,山水相迎。望南天高、西天阔、北天清。
　　莹莹猎户,皎皎天鹰。长相寻,十字群星。茫茫天宇,大道无形。任古人说、今人探、后人行。

注：①作于2017年10月16日。
　　新西兰南岛中部蒂卡波湖边的约翰山上,有一天文台,被誉为南半球最佳观星之处。在此观星,月光漫漫,群星闪闪,一个奇妙深邃、博大无边、疏密相间、浓淡丰盈、任由想象的世界呈现眼前。
②我国古代将星座划分为二十八星宿,"斗""参""柳""箕"均属二十八宿。
③猎户、天鹰,即猎户座、天鹰座。十字群星,即南十字座。

清平乐·樱 花

千娇百艳，日下风中转。十月春来枝上看，白玉红霞片片。

苍山脚下芬芳。东瀛细蕊徜徉。十字群星映照，身姿别样风光。

注：①作于2017年10月12日。
新西兰地处南半球，与南极隔洋相望，每年10月，正值春天，樱花绽放，红红白白，浓郁轻柔，格外美丽。
②中国云南大理市苍山脚下的樱花、日本的樱花，每年都吸引了无数游客。
③十字星，南半球观赏天象、用以辨别方位的一组星星，十字形状。

西江月·过白水寨

春到一山苍翠，秋来十里清光。连天飞瀑动八荒。五岭殷勤相望。

欲探前崖佛迹，还说白水浓妆。暮归山月伴疏狂。把盏低吟浅唱。

注：①作于 2017 年 10 月 30 日。

白水寨，位于广州市增城区，南昆山山脉之下，因山上瀑布如白练而下，故名白水寨。绍圣元年（1094）苏轼贬谪惠州时，曾携儿子苏过游白水寨，并写下《游白水书付过》。

②八、说，古入声字，用今音。

南乡子·观赏《芳华》

万众道《芳华》。几许讥嘲几许夸。故事新编银幕上,奇葩。又见当年热血娃。

无悔走天涯。但把青春化彩霞。莫道蹉跎年岁去,无暇。漫数征程满地花。

注:作于 2017 年 12 月 22 日。

《芳华》,严歌苓编剧、冯小刚导演的一部电影,于 2017 年 12 月中旬上映之后,引起很大反响。

2016年　词34首

水调歌头·观赏炳章兄摄影作品

情向九州系，趣对古今明。春风秋雨冬雪，朝暮赏琼英。九曲黄河走罢，又上云川穹谷，步履但轻盈。一夕望戈壁，塞外雁辞行。

照红叶，观飞鸟，恋华灯。镜头内外，蜂舞蝶乱水天清。往事依稀犹在，今日寻常可道，苦乐且相迎。南北东西去，烟雨任平生。

注：①作于2016年1月11日。
陈炳章兄系甘肃开放大学原党委书记、校长，喜欢摄影，离任后在微信"朋友圈"上发了众多佳作，深受欢迎赞赏。
②蝶，古入声字，用今音。

浪淘沙·沙角炮台

　　十里踏秋来，日挂楼牌。临高台上树新栽。遗垒至今听海浪，无尽情怀。

　　昔日御狼豺，一洗尘埃。虎门风起荡烟霾。故事百年谁缀续？后辈英才。

注：①作于2016年1月2日。

沙角炮台，建于清嘉庆五年（1800），是珠江口虎门的第一道防线。1839年，林则徐、邓廷桢在此集中收缴英烟贩鸦片。1841年1月7日，"英夷攻沙角、大角炮台"（《林则徐语》），清守军寡不敌众，壮烈牺牲，沙角炮台沦陷。

虞美人·观赏"古代、近代深圳展"

梅沙自古躬耕处。秦汉风情度。青砖碧瓦记烟尘。南越故人堪念、道殷勤。

所城依旧从容立。慷慨英魂祭。珠江口上炮声隆。小镇今朝回首、唱东风。

注：①作于 2016 年 1 月 21 日。

"古代、近代深圳"于深圳博物馆长期展出。深圳市大梅沙三洲田打鼓岭上，有东周古窑遗址。大鹏所城，建于明万历年间，是明清时期南海军事要塞。

②清道光十九年七月二十七日（1839 年 9 月 4 日），清军将领赖恩爵将军率领水师在九龙海面回击英国武装商船的挑衅，打响了鸦片战争的首战。

蝶恋花·元 宵

　　灯火元宵今古悦。代有才人，一唱东风接。落日熔金情趣洁。如霜明月千山叠。
　　微信频繁情更切。物换星移，三五仍佳节。喜看北疆飘瑞雪。无边春意生南粤。

注：作于 2016 年 2 月 22 日，是日元宵节。

踏莎行·珠江源

　　西望昆仑,东倾南海。马雄傲立云天外。人说珠水此山来,葱茏尽处源头在。

　　滴水千年,润滋万代。滇黔桂粤多澎湃。当时霞客探殷勤,后生我辈何须待。

注:①作于2016年3月21日。
珠江系我国第三大江,全长2200多公里,源头位于云南省曲靖市沾益县马雄山麓,经云南、贵州、广西、广东,汇入南海,流域约45.3万平方公里。
②明代徐霞客曾两次到马雄山,探寻珠江源头。

江城子·真武阁

　　大容山下绣江旁，历沧桑，略八方。青瓦绿檐，悬柱万钧扛。漫道江南楼阁众，真武望，尽风光。
　　贵妃故里探侨乡，雨迷茫，韵悠扬。岁月峥嵘，英烈赴国殇。经略台前新画卷，春日近，柚花香。

注：①作于 2016 年 3 月 23 日。
　　真武阁，位于广西容县，建于明万历元年（1573），全木质结构，二楼四根大柱子，悬空距地板几厘米，却承载上层的横梁等荷载。真武阁历经多次地震、战乱而未被损毁，被誉为"天南杰构""天下一绝"。
②据《容州普宁县杨妃碑记》，杨贵妃系广西容县人。
③容县为著名侨乡，民国时期，先后出了 90 多位将军。
④八、国，古入声字，用今声。

望海潮·咏大理

　　天高云渺，风和烟细，苍山韵味人夸。春水万顷，霞光几道，日出洱海啼鸦。百里照堤沙。看绝壁悬木，雪月风花。大理初游，茶马古道尽芳华。

　　一城故事如霞。赞南诏古邑，唐宋奇葩。云岭北南，寒来暑去，马帮遍走天涯。滇藏数英骅。喜洲题名处，切莫惊讶。蝴蝶泉边且待，新火试新茶。

注：①作于2016年4月2日。
大理，位于云南省西部，国家历史文化名城。西倚苍山，东环洱海，有"下关风，上关花，苍山雪，洱海月"之说。唐宋时期，大理是古南诏国、大理国的都邑。
②蝶，古入声字，仄声。

踏莎行·古田会议旧址

　　碧瓦依然，青砖如故。采眉岭下祠堂固。无边春色映阶台，传奇故事人倾诉。

　　山道千回，水流百渡。古田小镇群英谱。艰难岁月但追思，而今米酒飘香处。

注：作于 2016 年 4 月 26 日。

1929 年 12 月，红军第四军在福建省上杭县古田镇召开党代会，重新确立毛泽东同志在第四军的领导地位。古田会议会址位于采眉岭笔架山下的廖氏宗祠。

蝶恋花·长汀行

　　人道汀洲山水美。唐韵明音，百代风情汇。北上武夷峰壑翠，西出南粤云天嵬。

　　自古客家多智慧。试院深幽，双柏青枝媚。罗汉岭前英烈慰，汀江丈水催人醉。

注：①作于2016年4月27日。

长汀，国家历史文化名城，位于福建省龙岩市，闽、粤、赣三省要冲，别称汀洲。长汀为客家人南迁之后的主要聚居地，号称"客家首府"。汀洲试院，始建于宋代，是闽西八县八邑科举考试秀才应试的场所。

②长汀为革命老区，1932年2月，福建省苏维埃政府在长汀成立。1935年2月，中国共产党早期领导人瞿秋白在长汀被国民党军队抓捕，6月，于长汀城罗汉岭英勇就义。

采桑子·永定土楼

峰回路转云开处,溪水争流。古柳轻悠。四季风情扮土楼。

楼中天地谁人创,岁月优游。宾客何求?待看溪边立柱头。

注:①作于 2016 年 4 月 29 日。

土楼,客家民居建筑,以圆形或方形为主,风格独特,历史悠久。福建省永定县共有土楼 23000 多座,蔚为壮观。

②洪坑村土楼群,系永定土楼的代表。洪坑村除众多土楼外,村中溪边立着几十根大石柱,每根石柱记载村里历史上的一位名人。

千秋岁·咏瞿秋白

一腔热血,织我中国结。思大众,衷肠切。苏俄寻利器,沪上呼英杰。荷重负,腥风血雨从容越。

慷慨汀江别,试院英魂歇。罗汉岭,星辰灭。笑迎神鬼泣,此去悲歌绝。当感慨,多余话里知君帖。

注:①2016年5月2日读瞿秋白《多余的话》后作。

瞿秋白(1899—1935),江苏常州人,中国共产党早期主要领导人之一。1935年2月,瞿秋白于福建省长汀县被国民党军队抓捕,囚禁于长汀试院,同年6月,英勇就义。

②国,古入声字,用今音。

念奴娇·雅典卫城

　　山门耸峙，对晴空丽日，雪霜风雨。神庙威严余巨柱，断壁残垣无语。橄榄青青，婷婷玉立，战马悄声去。千年沉睡，众神歌舞何处？

　　理想国里遨游，高堂陋巷，宏论人倾慕。荷马史诗成不朽，悲剧自来情趣。落日辉煌，爱琴海上，成败从头数。八方游客，卫城闲散朝暮。

注：①作于 2016 年 6 月 16 日。
　　卫城，雅典人于公元前 580 年始建，古希腊的宗教政治中心。历经两千多年，卫城现只剩下部分断壁立柱石雕，但仍能见出当年的壮丽辉煌。
　　②古希腊的哲学政治社会思想，对西方产生了巨大的影响，《理想国》是古希腊哲学家柏拉图的代表作之一。
　　③荷马史诗、古希腊悲剧，是古希腊文学成就的典范。

菩萨蛮·罗马斗兽场

回廊立柱今犹在,帝国旗帜频繁改。斗兽万人欢,几曾勇士还。

登临游古迹,惊叹旧阶壁。往事数千端,凭栏莫等闲。

注:①作于2016年6月18日。

罗马斗兽场,即古罗马竞技场,建于公元72—82年间,用于观赏斗兽和奴隶格斗。罗马斗兽场是古罗马建筑的经典之作,规模庞大,雄伟壮观,可容纳几万人观看表演。

② "希腊人自娱的方式是去剧场观看演出,罗马人则越来越爱去圆形竞技场,实际上是去看人类相残的表演。"(《世界文明史》,[美]菲利普·李·拉尔夫等著)

③国,古入声字,用今音。

蝶恋花·威尼斯

百里高楼千里水。岛上人家,远近门庭美。新月作舟街巷里,小桥横纵风姿媚。

双翼雄狮来护卫。碧浪微风,洗尽凡尘秽。昔日商人应省悔,水城毕竟相逢醉。

注:①作于 2016 年 6 月 22 日。

威尼斯,意大利东北部城市,公元 6 世纪开始兴建于海上,由 118 个小岛组成,其间有 117 条水道、400 多座小桥贯通连接。双翼雄狮,威尼斯的城徽。

②威尼斯人以舟代车,威尼斯的小舟"有点像独木舟……像挂在天边的新月"(马克·吐温《威尼斯小艇》)。

③莎士比亚剧作《威尼斯商人》,讽刺贪婪无情的威尼斯商人夏洛克。

满江红·佛罗伦萨

尽享繁华,随风雨,轻柔急骤。抬望眼,青葱橄榄,斑驳古柳。一座老桥生百态,绵绵江水观星宿。南北客,万里沐风情,轻盈走。

冲天寺,名望久;夸圣母,高楼秀。美哉奇家族,德深功厚。大卫一尊新气象,复兴旗帜辉煌绣。《神曲》吟,上下古今听,春时候。

注:①作于 2016 年 6 月 25 日。
佛罗伦萨,意大利中部城市,欧洲文艺复兴运动的发祥地。
②美第奇家族,14 世纪、15 世纪佛罗伦萨的贵族、统治者,对文艺复兴运动起了重要作用。
③大卫雕像,文艺复兴运动重要人物米开朗基罗的代表作品。
④《神曲》,文艺复兴运动重要人物但丁的作品,但丁故居位于佛罗伦萨。

沁园春·读欧阳修

　　四纪才名，三朝栋梁，一世劲松。论前朝旧事，古今朋党，挥毫万字，一饮千钟。风气新开，侃然正色，荣辱升沉谈笑中。直须去，对秋声春雨，且共从容。

　　别来游遍芳丛。看小院深深飞乱红。唱西湖美景，轻舟短棹，蜂喧蝶乱，飞絮濛濛。走尽琅琊，把玩朝暮，白发苍颜一醉翁。休言老，问环滁山水，潇洒谁同？

注：①作于 2016 年 7 月 16 日。

欧阳修，北宋文学革新运动的领袖，以文章名冠天下，历任翰林学士、枢密副使、参知政事，历仕三朝，仕宦四十年。曾参与范仲淹等推行的庆历新政，要求改革政治。著有《朋党论》《与高司谏书》《秋声赋》《醉翁亭记》等名篇。

②琅琊山，位于安徽滁县，庆历五年，欧阳修被贬滁洲，常游此山。

西江月·观赏里约奥运会开幕式

　　山上耶稣凝望，海滨游客狂呼。天然丽质一城都。但见桑巴热舞。

　　健将万千竞秀，烟花几串如珠。名模独步耀穹庐。圣火熊熊人慕。

注：①作于 2016 年 8 月 6 日。
2016 年 8 月 5 日（当地时间），里约奥运会开幕。
②里约依山傍海，风景优美。耶稣山为里约一著名景点。
③里约奥运会开幕式上，巴西超级名模吉赛尔·邦辰惊艳登场，赢得无数欢呼声。

渔家傲·观女排里约奥运会夺冠

圣火熊熊西域邀。里约城内女排傲。力克群雄山海啸。传捷报，长城内外齐夸耀。

常念当年连冠矫。英姿飒爽群芳俏。喜看锄头今日照。人未老，五洲四海征程峭。

注：作于2016年8月21日。是日上午（北京时间），中国女排在里约奥运会女子排球决赛中，3∶1战胜塞尔维亚队，夺得冠军。

南乡子·观黄宾虹书画展

　　山重水流长。草木华滋古道旁。秋色春风藏画卷,清光。笔意诗情浓淡妆。

　　少壮走他方。老去江南是故乡。历览古今师造化,沧桑。蝶化三番人颂扬。

注：①作于 2016 年 8 月 20 日。

黄宾虹,名质,字朴存,号宾虹,近现代山水画一代宗师,90 岁寿辰时被授予"中国人民优秀画家"荣誉。2016 年 8 月,《黄宾虹书画作品展》于深圳博物馆展出。

②黄宾虹著有《说蝶》,以青虫化蝶三眠三起喻学画三阶段"先师今人,继师古人,终师造化"。

沁园春·华南第一峰

　　直上南天，笑挽昆仑，北望三湘。伴星移斗转，云来雾去，春花冬雪，夏雨秋阳。翠谷青岩，松泉秀壁，滴水连绵润四方。林深处，话三江故地，源远流长。

　　从来世事沧桑。问世代铁杉怎颂扬？忆艰难岁月，腥风血雨，老山界上，火炬戎装。迎客杉前，状元桥畔，寂寞英魂祭异乡。频回首，看猫儿肃穆，七彩佛光。

注：①作于 2016 年 9 月 16 日。广西兴安县猫儿山，人称"华南第一峰"，系漓江、资江和浔江的发源地。
②当年红军长征，突破湘江之后经过的第一座大山"老山界"，位于猫儿山主峰北侧。
③抗日战争中，支援中国抗战的美军一架战机在猫儿山坠毁失踪，20 世纪 90 年代，该机残骸和部分机组人员遗骨在猫儿山发现，送回美国。我国政府在猫儿山建立"二战援华美军飞机失事纪念碑"。

南歌子·游遇龙河

　　昨夜轻风起,今朝细雨欢。遇龙河上笑声传。争看碧流急缓、几重湾。

　　雨雾青山秀,烟波绿水宽。神姿仙态竞奇观。漫道湘江深浅、不思还。

注:①作于2016年9月10日。
广西桂林市阳朔遇龙河,人称"小漓江",河水清澈,缓缓东流,青山连绵,景色宜人。
②汉·张衡:"我所思兮在桂林,欲往从之湘水深。"(《四思歌》)

鹧鸪天·龙潭古寨

水绕山环古寨淳,画廊十里第一村。碧荷细柳龙潭上,古宅新楼小巷醇。

石板道,木雕门,状元拴马荡征尘。明清故事迎宾客,汉侗风情阳朔人。

注:①作于2016年9月12日。
龙潭古寨,位于广西桂林市阳朔县,始建于明万历年间,山青水秀,汉族、侗族杂居。据传,明清时期,这里共出了16位进士,人称"阳朔第一村"。
②状元拴马桩,龙潭古寨的一历史文物。
③一、石,古入声字,用今音。

行香子·观赏《印象刘三姐》

　　山下青禾，水上渔蓑。鼓楼望，灯火婆娑。谁家姐妹，唱响天河。正一番随，一番闹，一番呵。

　　盈盈漫舞，浩浩清歌。渔舟荡，月下嫦娥。丝衫竹笠，水镜光波。逛壮家圩，苗家寨，侗家坡。

注：①作于2016年10月13日。

《印象刘三姐》，于广西阳朔漓江上演出的一场山水实景剧，著名导演张艺谋任总导演，演出以歌仙刘三姐为主线，将桂林山水、民俗风情融为一体，获广泛赞誉。

②《印象刘三姐》表现了壮、苗、侗、瑶等少数民族的生活和风情，其演员也来自附近的村落。

青玉案·致建生兄

风云甲子青春路。踏蜀道,迎晴雨。未忘长宁酸楚处。蜀南林海,巴山晨雾。筑梦曾无数。

嘉陵江畔激情舞,热血一腔任朝暮。电大情思知几许?漫说家事,笑闻今古。且待新篇谱。

注:2016 年 10 月 3 日,读建生兄《我这六十年》后作。

刘建生,四川长宁人,1983 年大学毕业后在重庆工作,先后在高校和地方政府任职,于重庆广播电视大学校长、党委书记任上退休。

千秋岁·读白居易

　　志存兼济，怎奈居难易。长安困，江州憩。田家观刈麦，岁暮惊贪吏。歌长恨，玉颜不见空垂涕。

　　常道生民事，尤唱山川丽。古原草，春风里。江花红胜火，风景江南记。琵琶对，相逢何必说得意。

注：作于2016年10月10日。

白居易（772—846），唐代著名诗人，字乐天，号香山居士。

浣溪沙·西樵山

南海从来风物奇,西樵韵律几人知。秦时明月汉唐诗。

一帜飞鸿天下颂,戊戌领袖至今痴。岭南景色正当时。

注:①作于 2016 年 10 月 27 日。
西樵山,位于广东省佛山市,广东四大名山之一,是一座古火山。
②南海,广东省佛山市南海区,历史重镇,秦时置南海郡,隋朝设南海县。
③飞鸿,黄飞鸿,南海人,明末清初岭南武术界一代宗师。戊戌领袖,康有为,南海人,戊戌维新运动的代表人物。

南乡子·佛　山

　　城内尽高楼。祖庙年年万众游。鼓乐醒狮欢闹日，金秋。古灶南风薪火留。
　　江畔唱渔舟。粤曲声声碧水流。花海奇观新画卷，清幽。一处禅城万象收。

注：①作于 2016 年 10 月 28 日。
佛山，又称"禅城"，广东历史文化名城，"肇迹于晋，得名于唐"，明清时期全国"四大名镇"之一。
②佛山陶瓷有悠久的历史，"南风古灶"建于明正德年间，至今薪火不绝。

渔家傲·访李济深故居

古邑新村风景媚。荷塘细柳游人醉。庭院角楼轻点缀。观南北。秋风起处山河对。

戎马当年堪藉慰。北伐抗战功勋遂。故土情怀牵八桂。说经纬。艰辛历尽云霞蔚。

注：①作于 2016 年 11 月 1 日。

②李济深（1885—1959），广西苍梧县人，原国民革命军著名将领，1948 年发起成立中国国民党革命委员会，任主席。中华人民共和国成立后，历任中央人民政府副主席、全国人大常委会副委员长、全国政协副主席。

③说，古入声字，用今音。

南乡子·咏柳江

千里水流长。黔桂相牵润四方。风雨木楼来百越，沧桑。三姐清歌遍壮乡。

两岸任梳妆。孤鹤蟠龙故事藏。何处柳侯吟峒客，华章。峰壑楼台赛画廊。

注：①作于 2016 年 11 月 15 日。

柳江，珠江水系西江上游，发源于贵州省独山县，经黔东南流入广西，在广西柳州市一段称为柳江。柳江流域内，居住壮族、侗族、苗族、仫佬族、汉族等人民。先秦属百越。

②柳侯，即柳宗元（773—819），唐代著名的思想家、文学家，因参与王叔文改革失败，被贬为永州司马、后改为柳州刺史，卒于柳州。

浣溪沙·咏合浦

川媚山辉古郡骄。汉唐鼓舞采茶谣。丝绸海路几十朝。

合浦还珠常忆念,东坡题记未曾消。瞻天万里看今朝。

注:①作于2016年12月3日。

合浦,广西合浦县。汉初始设合浦郡,系海上丝绸之路始发港之一。合浦盛产珍珠,合浦还珠故事源于汉代。

②北宋大文豪苏东坡被流放广东惠州、海南遇赦自海南返回,经停合浦时,在合浦海角亭题写了"万里瞻天"四个大字。

③十,古入声字,用今音。

菩萨蛮·南海1号

茫茫南海波涛远,匆匆岁月星河叹。沉睡百千秋,一船遗恨留。

扬帆西域去,华夏珍奇举。往事水中埋,今朝迷雾开。

注:作于2016年12月6日。

南海1号,20世纪80年代中英海上探测队在南海发现的一艘宋代沉船,2004年成功打捞出海。考察发掘证实,这是一艘宋代商船,内有大量精美瓷器、金银制品等。为保存和展出南海1号而建立的"广东海上丝绸之路博物馆",位于广东省阳江市海陵岛。

蝶恋花·游巴厘岛

　　一日秋风来万里。海上天边，云去轻鸥会。情侣崖前波浪起，海神庙外听神鬼。

　　戏水三番人自醉。雨里风中，百态千姿美。欲问天涯经或纬，不关风月悠然对。

注：作于 2016 年 12 月 10 日。
巴厘岛，印度尼西亚的一个岛屿，位于赤道以南，著名度假旅游地。

浣溪沙·鼓 岭

　　鼓岭秋来景色浓。重峦峻壑舞晴空。三春古柳韵无穷。

　　几处洋楼繁盛日,一回寻梦此山中。牛头寨里酒茶逢。

注:作于 2016 年 12 月 17 日。

鼓岭,位于福建省福州市晋安区,鼓山风景区的一部分。19 世纪末,外国侨民到鼓岭兴建别墅,避暑度假,鼓岭开始成为避暑胜地。至今,当年外国侨民的部分别墅、万国公益社、游泳池、邮局等,仍保存完好。

贺新郎·赋三坊七巷

举步从头数。费相猜,参差街巷,海滨邹鲁。东望鼓山三春柳,闽水西来相抚。长短对,楼台廊柱。庭院深深花如故,暗香来,一任游人妒。多少事,待谁诉?

地灵先辈丰碑竖。补天阙,林门英烈,怒当外侮。译著辉煌严复宅,少女冰心庭户。又几处,参天榕树。人问当年堂上燕,向谁家,长夏阶前舞。东海伴,醉朝暮。

注:①作于 2016 年 12 月 22 日。

三坊七巷,福建省福州市的老城区、明清古建筑群。林则徐、沈葆桢、严复、陈宝琛、林觉民、冰心等近现代历史文化名人的故居位于三坊七巷内。

②三坊七巷内郎官巷的牌坊上有一对联:"译著辉煌,今日犹传严复宅;门庭鼎盛,后人远溯刘涛居。"

2015 年　词 20 首

南歌子·金秀印象

日照群峰秀,风和碧水平。崇山峻岭喜相迎。正是瑶都春近,小城清。

本是中原客,缘来岭上情。茶花山坳记阴晴。笑问盘王何处?但闲行。

注:①作于 2015 年 1 月 2 日。

金秀瑶族自治县,位于广西中部大瑶山,这里有五大瑶族支系:盘瑶、茶山瑶、花篮瑶、山子瑶、坳瑶。

②据考证,瑶族原生活于中原一带,后随着战乱逐渐南迁,主要居住在广西和桂粤、桂湘交界的山区。

南乡子·游西双版纳

　　岁末景洪留。版纳风光几处柔。无尽澜沧江水梦,何求?山上风霜小竹楼。

　　基诺鼓声稠。克木深林岁月幽。百里茶山寻老树,风流。更待来年泼水游。

注:①作于2015年1月10日。
②景洪市东北部的基诺山上,生活着基诺族人,基诺大鼓是基诺人的主要祭器和乐器。
③克木人,生活于西双版纳原始森林中的一个族群,至今仍保留着氏族社会的生活印记。

八声甘州·赋大鹏所城

　　对长滩，古巷竞参差，门楼筑高亭。看将军府第，雕梁画栋，气壮门庭。小院厅堂古朴，石板记阴晴。几代风云逝，昔日兵营。

　　犹念九龙海战，震南疆万里，五将英名。问烟墩遗址，故事但倾听。御仇雠，浪翻涛涌；助黎民，仓廪见真情。乘风起，大鹏回望，万象清明。

注：①作于 2015 年 2 月 3 日。

大鹏所城，位于广东深圳市大鹏半岛，建于明洪武二十七年（1394），系明清时期南海军事要塞。所城内，有清道光年间福建水师提督刘起龙将军府第，赖恩爵振威将军府第。

②五将，所城赖氏家族三代出了五位将军：赖世超、赖英扬、赖信扬、赖恩爵，赖恩锡。

鹧鸪天·东莞可园

庭院楼台映小池，回廊环壁见风姿。邀山阁上云天淡，拜月庭前草木奇。

园矗立，正当时，春晖寸草两相宜。岭南画派先河创，一处风光几代诗。

注：①作于2015年4月16日。

可园，位于广东东莞市，始建于清道光三十年（1850），为近代广东四大名园之一。张敬修（可园主人）：筑可园，"春晖日永，寸草心长，载展乌私，敬寓祝延之意耳"。

②可园建成之后，文人雅士云集，说书吟诗，操琴作画，岭南画派由此滥觞。

洞仙歌·读李清照

  秋千蹴罢，宠柳娇花处。香冷金猊怕离苦。上西楼，过雁孤馆闲愁；谁与问，绿瘦红肥何故？

  金石来作伴，书趣诗缘，把酒黄昏羡鸥鹭。唱四叠阳关，山断山长；风月妒，惊人词句。古今赞，别是一家说，任细雨斜风，暑来寒去。

注：①作于2015年5月6日。

李清照（1084—1155），号易安居士，北宋杰出女作家，婉约派代表词人。李清照提出词"别是一家"之说，对词的发展起了积极作用。"乃知词别是一家，知之者少。后晏叔原、贺方回、秦少游、黄鲁直出，始能知之。"（《词论》）

②石，古入声字，用今音。

蝶恋花·连南瑶寨

雾里天边山道远。溪水淙淙，南岗风情艳。叠嶂峰峦相顾盼。屋排直上青云揽。

油岭歌声长鼓伴。米酒醇香，宴客真情见。百代古风人喟叹。瑶山景致今朝看。

注：①作于 2015 年 7 月 10 日。

广东省连南瑶族自治县，人口 16 万，其中 52%系瑶族。史载，隋唐时连南县即有瑶民居住。这里山清水秀，瑶族风情浓郁，有"百里瑶山"之称。

②油岭，即"连南油岭千户瑶寨"，国家文化部授予的"中国民间艺术之乡"，著名的《瑶族舞曲》，就脱胎于这里的民歌。

满江红·神农架

　　细雨轻风，云生处，峰峦崔嵬。凭造物，曳来江汉，漫听南北。百草遍尝昨日趣，雄豪探秘今宵愧。更连天，五色满山川，人常醉。

　　神农顶，猿鹤汇。香溪里，昭君美。巨杉擎岁月，傲然苍翠。欧域客来名姓在，天生桥下音声沸。上祭坛，敬意寄云端，千秋岁。

注：①作于 2015 年 7 月 20 日。
　神农架，位于湖北省西部，最高峰海拔 3100 多米，号称"华中屋脊"。相传，神农氏在此架木为梯，采尝百草，教民稼穑，故得名。
②神农架是湖北省境内长江和汉江的分水岭。昨，古入声字，用今音。
③香溪，即香溪源，发源于神农架，据《兴山县志》："昭君临水而居，恒于溪中浣手，溪水尽香。"
④19 世纪后期有欧洲科学家前往神农架考察，神农架小龙潭的溪流上，有几座以当时考察者姓名命名的小桥。

少年游·上欧洲

　　朝云相送上欧洲,暮霭异城游。北海边上,雪峰西侧,美景逗人留。

　　教堂几处平湖静,小镇古风稠。木屋丰盈,峡湾豪迈,飞瀑唱轻舟。

注:①2015年7月18日,游芬兰、瑞典、挪威和丹麦后作。
②芬兰波尔沃,人称"中世纪小镇"。
③挪威的松恩峡湾、哈当厄尔峡湾,系世界著名峡湾,高山壁立,湾急路险,白雪皑皑,飞瀑处处,碧水如茵,明丽壮阔。

南歌子·诺贝尔故居

路转风情厚,天高丽日娇。小楼今日趣相邀。莫道故人归去、看铜雕。

字字遗言重,年年诺奖骄。潮头立处数英豪。欲解老翁情事、待明朝。

注:①作于 2015 年 7 月 20 日。

诺贝尔故居位于瑞典卡尔斯塔德市附近,1895 年,诺贝尔在这里写下了遗嘱,将其大部分财产作为基金,以其年息设立物理、化学、生理或医学、文学以及和平事业 5 种奖金,奖励当年在上述领域内作出最大贡献的学者。

②诺贝尔故居前的草坪上,矗立着诺贝尔半身铜雕像,雕像栩栩如生,朴素无华,给人以心灵震撼和无限遐想。

少年游·游安徒生故居

　　一池碧水半间房。风韵任思量。少时憔悴，暮年无悔，足迹未彷徨。
　　殷勤笔下流童话，举世细端详。皇帝新衣，小鸭情趣，人道意深长。

注：作于 2015 年 7 月 22 日。
　　童话作家汉斯·克里斯汀·安徒生的故居，位于丹麦欧登塞。安徒生出生于一个贫穷的家庭，父亲是鞋匠，母亲是个洗衣妇。从 14 岁开始，安徒生独自离开欧登塞，四处游历，开始文学创作。他一生写了 14 部长篇小说、50 部戏剧、上千首诗歌，但最著名的是童话故事。安徒生："活着本身就是一个精彩的童话。"

鹊桥仙·土家女儿会

　　清江东去，武陵南望，世代巴人故土。山腰水畔对歌来，女儿会，鹊桥争渡。

　　油茶一碗，山歌几串，六口问答何故？龙船调起土家欢，摆手舞，风情处处。

注：①作于 2015 年 7 月 25 日。
女儿会，湖北恩施土家族的一个传统民俗活动，每年农历 7 月 12 日，土家族青年男女着节日盛装，走出山寨，通过对歌方式寻找意中人。土家族民歌："天上有个鹊桥会，地上土家女儿会。"
②六口茶，恩施土家族民歌，男女对唱，一口一问，一口一答。
③摆手舞，土家族传统舞蹈，据传已有一千多年的历史。

西江月·贺安思颖画展

笔下山花烂漫，画中荷韵悠扬。赤黄橙绿写芬芳，几许春秋景象。

裕固性情常见，观音心底端详。轻描重墨忆格桑，西北岭南相望。

注：作于 2015 年 8 月 21 日。

安思颖，深圳市裕固族女画家，生长于西北祁连山下，自幼喜爱绘画。原习油画，后转国画，攻花鸟画。"色宴——安思颖中国画展"2015 年 8 月 21 日在深圳市宝安区举办。《山花》《荷韵》《妈妈的格桑花》均为安思颖画展中的作品。

安思颖所画观音形象，端庄典雅，冰清玉洁，超凡脱俗，内涵丰富。

西江月·游恩施大峡谷

　　百里峰峦叠嶂，千年古寨新村。连绵栈道漫游人。云贵巫山同韵。
　　迎客青松挥手，天桥上下消魂。雨中绝壁戏浮云。一炷香前解困。

注：作于 2015 年 8 月 25 日。

恩施大峡谷，位于湖北省恩施市，2004 年中法探险队发现。峡谷气势恢宏，重峦叠嶂，悬崖绝壁，森林密布，秀美壮观，

恩施大峡谷西接云贵高原，北连巫山。

卜算子·读杜牧

　　十载独飘然，千古留诗句。提剑当时意气高，酩酊风流聚。

　　且乐秦淮游，远上寒山去。古往今来寺寺楼，任尔闲吟叙。

注：作于 2015 年 8 月 30 日。
杜牧（803—853），晚唐著名诗人，其七绝尤为人传诵。

洞仙歌·柳侯公园咏柳宗元

　　罗池清静,正细风轻柳。石径横斜几人走。翠林间,似见踔厉忠魂,中原望,榕叶满庭时候。

　　投荒多少载,魂魄何方,桂岭山城试身手。教令但殷殷,老幼眉开;黄柑种,果香盈秀。莫须叹、音书滞一乡,看世代龙城,念君情厚。

注:①作于 2015 年 8 月 25 日。
②韩愈:"子厚得柳州,既至,叹曰:是岂不足为政耶!因其土俗,为设教禁,州人顺赖……衡湘以南为进士者,皆以子厚为师。"(《柳子厚墓志铭》)
③龙城,柳州市的别称。一、古入声字,用今音。

念奴娇·咏杜甫

　　诗书万卷，尽苍生世事，浅吟低唱。愤惋许国肠欲断，宦海荣枯惆怅。吴越曾游，长安来去，白帝风云荡。深情望岳，众山一览何妨？

　　莫道屋破风凉，但思广厦，寒士欢颜向。剑外忽传收蓟北，白日放歌清朗。梦里重逢，谪仙携手，几度长相望。岳阳楼上，洞庭湖水酣畅。

注：①作于 2015 年 9 月 28 日。
杜甫（712—770），字子美，唐代伟大的现实主义诗人。韩愈："李杜文章在，光焰万丈长……平生千万篇，金薤垂琳琅。"（《调张籍》）
②国、一，古入声字，用今音。

一剪梅·胡雪岩故居

相伴西湖独自娇。庭院清纯，门户精雕。小桥流水暗香来，一室柔情，半壁前朝。

创业艰辛堪自豪。船政惊奇，银号天骄。故园依旧丽人非，马褂尘烟，顶戴魂销。

注：①作于2015年11月11日。

胡雪岩（1823—1885），晚清著名红顶商人，曾叱咤商场，显赫一时，富可敌国，最终却一贫如洗，凄惨离世。胡雪岩故居位于浙江省杭州市，毗邻西湖，被誉为"清末巨商第一豪宅"。

②慈禧太后曾亲授胡雪岩红顶戴和黄马褂。

鹧鸪天·游乌镇

　　枕水人家吴语浓。东西两栅映晴空。太平桥上观垂柳，古戏台前话鬼雄。

　　星寂静，月朦胧。青石道上步从容。运河此去三千里，吴越春秋故事中。

注：①作于 2015 年 11 月 13 日。
乌镇，位于浙江省桐乡市，著名江南水乡古镇。史载，秦时乌镇先民即居住于此。②乌镇毗邻京杭大运河，属古吴越之地。石，古入声字，用今音。

浪淘沙·读文天祥正气歌

　　身世任飘零,几度阴晴。北庭土室暑寒迎。历历浩然吟正气,古道衷情。

　　辛苦起一经,南北征程。零丁洋上叹零丁。寥落干戈何凛烈,光照丹青。

注:①作于 2015 年 12 月 4 日。
②一,古入声字,用今音。

满庭芳·越秀山

　　山上秋风，水中笑语，满目红绿橙兰。石台楼榭，放眼尽奇观。携手浮云相伴，五岭望，胜景斑斓。珠江忆，汉唐明月，越秀舞翩跹。

　　依然。湖水秀，榕荫郁郁，小径清闲。又神道呼銮，足迹绵绵。镇海层楼落日，高墙暖，碧瓦轻寒。人常念，五羊天降，瑞气遍人间。

注：①作于 2015 年 12 月 24 日。
越秀山，位于广州市越秀公园，西汉南越王赵佗曾在此筑"朝汉台"，故又名"越王山"。
②呼銮道，南越王赵佗率群臣登山之道。
③镇海楼，始建于明代，人称岭南第一胜景。

2014年　词14首

临江仙·橘子洲头

独立寒秋风雨骤，几回橘子洲头。苍茫大地问沉浮。湘江潇洒去，岳麓护金瓯。

地覆天翻何壮烈，三湘自古风流。豪雄志士为国谋。伟人英气在，日月共千秋。

注：①2014年1月26日，游长沙橘子洲头、瞻仰青年毛泽东塑像后作。②国，古入声字，用今声。

浣溪沙·观澜版画村

灰瓦白墙小巷醇,碉楼古井绕风云。村前村后客家人。

谁道小村情趣少,观澜河水辨清浑。烟桥版画正氤氲。

注:①作于 2014 年 2 月 6 日。

观澜版画村,位于深圳市龙华区,是一个在客家古村落建立起来的版画原创基地。

②烟桥:陈烟桥,版画艺术家、教育家,观澜大水田村人,20 世纪 30 年代在鲁迅先生的指导下进行版画艺术创作,是中国新兴版画艺术的领军人物。

临江仙·致纯梓兄

磨血励耘多少载，湘音自是醇浓。诗经三考古今通。读书穷义理，落笔记行踪。

孔孟遗风殷切切，教坛苍鬓顽童。湖湘广场贯长虹。结斋一阁处，纯子见真容。

注：①2014年2月10日，读纯梓兄《磨血励耘》后作。
杜纯梓，湖南开放大学原校长。
②"湖湘学习广场"系杜纯梓在任期间，为湖南终身教育体系构建而推出的一个举措。
③杜纯梓原名杜纯子，结一斋系其书斋名。

南歌子·花山岩画

　　鬼斧山岩立，神功水岸丰。三千图画映长空。人影猿形，谁个是英雄？
　　日月千年对，花山万载同。休言此画意朦胧。真幻古今，远近但无穷。

注：作于2014年3月20日。
花山岩画，位于广西宁明县宁江河畔，画作于山岩上，有人、马、狗、刀剑、铜鼓等形象，色彩鲜艳。据专家考证，这些岩画距今已有两千多年的历史。

水调歌头·登睦南关

　　远近自潇洒，为有此山巅。云蒸霞蔚，边陲一处国门宽。镇北炮台威武，左弼城墙倜傥，古木挺如磐。放眼界碑处，往事几千端。

　　闻百越，知南海，对长天。子材不老，风卷旗帜破凶顽。都道武昌辛亥，可念孙文当日，义起镇南关？悲笑兴亡事，但问众峰峦。

注：①作于 2014 年 3 月 30 日。

睦南关位于广西凭祥市中越边境，始建于汉代，1965 年更名为友谊关，曾名镇南关、界首关、大南关。

②子材，冯子材，广西钦州人，清末名将，曾任广西提督、贵州提督，1882 年退职，告老返乡。1884 年，法国军队进犯滇桂边境。次年，冯子材应清廷之命，复出率部在镇南关和谅山大败法军，史称"镇南关大捷"。

③1907 年，孙中山亲临镇南关，领导"镇南关起义"，打响了反清武装起义第一炮。

青玉案·致兵团友

当年豪气从军旅。少年志，八方去。阅尽黄河西北渡。笔端生动，凤飞龙舞。野鹤飞云处。

岭南山水增情趣。宏放磅礴写新句。试问梧桐高几许？故交新友，春山秋雨。爽朗脊梁竖。

注：①作于 2014 年 4 月 10 日。

董兵团，深圳市政协文史委原副主任。生长在陕西，入伍到兰州军区，后调广东。钟情书法，造诣颇深，自号大山脊梁、飞云野鹤。

②八、礴、脊，古入声字，用今音。

八声甘州·交河故城

走故城，瀚海去无边，长空幻孤亭。尽黄沙残土，旧居落寞，独立伶仃。此处当时繁盛，秦汉月长明。饮马交河水，又是征程。

谁把都城筑起，对东西南北，执手相迎。叹车师聪慧，丘壑变宫廷。却匆匆，酒阑歌逝；又几人，青史铸英名？无需问，是非成败，自有天平。

注：作于 2014 年 5 月 26 日。

交河故城，位于新疆吐鲁番市郊，公元前 2 世纪至 5 世纪车师人所建造，在南北朝和唐代达到鼎盛，后因连年战火而逐渐衰落，元朝末年毁弃。

定风波·天山天池

　　梦里天山似少年，瑶池今日水沉烟。放眼雪峰奇境处，无数。浓妆淡抹任君欢。

　　景色醉人诗意厚，回首。瑶池阿母自惜怜。何事穆王归去急，谁识？凡尘洗尽是天山。

注：①作于 2014 年 5 月 28 日。
天山天池，古称瑶池。相传周穆王西游，西王母宴穆王于瑶池，互相赠歌赋诗。
②惜，古入声字，用今音。

沁园春·读陶渊明

归去来兮，寄傲南窗，斗酒自欢。悟迷途未远，昨非今是；风波乍静，倦鸟知还。三径将芜，菊松犹在，人境结庐天地宽。聊乘化，但躬耕陇亩，长见南山。

桃花源里诗篇。看草木欣荣岁月闲。愧谁家县令，江州祭酒；遑遑何欲，口腹相煎。遍览周王，骋怀山海，慷慨荆轲易水寒。呼童稚，漫登高吟啸，种豆庭前。

注：①作于2014年6月8日。

陶渊明（365—427），魏晋时期伟大的诗人。曾任江州祭酒、彭泽令等，因难以忍受仕途的污浊，辞官归去，躬耕隐居。《归去来兮辞》《饮酒》《读山海经》《桃花源记》《詠荆轲》等系陶渊明的名篇。

②结，古入声字，用今音。

千秋岁·读曹操

　　义兵乱世。犹有凌云志。财货散，群贤至。持节歼丑类，武怒伸纲纪。争官渡，运筹神策惊天地。
　　莫道曾随意。老骥思千里。观沧海，洪波起。周公三吐哺，天下心何寄？忧思解，当歌对酒谁人比。

注：①作于2014年7月28日。
②《三国志武帝纪》：董卓作乱，曹操"至留陈，散家财，合义兵，将以诛卓。""持大节，精贯白日，奋其武怒，运其神策，致届官渡，大歼丑类，俾我国家拯于危坠"
③节，古入声字，用今音。

青玉案·读《诸葛亮传》

草庐三顾隆中路。卧龙起,驱驰去。蜀魏东吴轻点数。周郎英气,东风相助。赤壁惊魂处。

出师一表君臣谱。但取忠心报恩遇。羽扇轻摇肩重负。两朝开济,孤星飞舞。相伴西山雨。

注:作于 2014 年 9 月 15 日。

《三国志·诸葛亮传》:诸葛亮隐居隆中,躬耕陇亩,人称"卧龙先生"。刘备"遂诣亮,凡三往,乃见","亮深谓备雄姿杰出,遂解带写诚,厚相结纳"。建兴五年(227),诸葛亮率师北伐前给刘禅所上奏章,劝勉刘禅"亲贤臣,远小人",陈述自己对蜀汉的忠诚和北取中原的决心。建兴九年(231),诸葛亮再次出兵祁山,因病卒于军中,"亮遗命葬汉中定军山,因山为坟,冢足容棺,敛以时服,不须器物。"

行香子·德明兄圆梦教育

一介书生，沪上英名。志高远，勤勉前行。浦东童稚，复旦精英。有读书乐，教书趣，出书情。

梦圆教育，电大躬耕。正当时，雨过天晴。德馨艺厚，气象清明。任前人说，今人看，后人评。

注：作于2014年10月12日。

德明兄系上海人，中学毕业后在浦东务农，曾担任生产队长、出纳、公社团委书记。后到复旦大学学习，毕业留校任教，先后担任复旦大学学生工作部部长、校长助理、复旦大学出版社社长、上海远程教育集团党委书记、校长，《圆梦教育》为其文集。

浣溪沙·为退休作

一梦江湖四十年。青春作伴走河山。行藏用舍是前缘。

莫道朱颜添雾雪,秋高风物看新篇。竹林且去觅七贤。

注:①作于 2014 年 11 月 14 日
②竹林七贤,魏晋时期嵇康、阮籍等七人"相与友善,游于竹林,号为七贤"(《魏氏春秋》)
③十. 古入声字,仄声。七,古入声字,用今音。

渔家傲·基诺山寨

　　晨雾迷濛风景近，寨前村后山林润。一柱图腾年岁顺。茶树嫩，当年攸乐初开垦。

　　大鼓一声天地振，浩歌劲舞东风引。创世女神情未尽。新老笋，春秋滋味无需问。

注：①作于2014年12月16日。

基诺族为国务院于1979年认定的我国第56个民族，主要生活在云南西双版纳州景洪市的基诺山上。基诺原称"攸乐"。

②基诺人长期经历母系社会，"创世女神"是基诺人崇拜的始祖。

2013年 词6首

千秋岁·读《离骚》

高阳苗裔。楚地钟灵气。芰荷佩，秋兰饰。丹心呈日月，掩涕哀国计。情意切，滋兰树蕙春秋继。

道远寻常事，不坠青云志。犹未悔，何忧忌。九歌声未尽，韶舞姿犹丽。三湘水，奔流万载相思祭。

注：①作于2013年5月2日。
②国，古入声字，用今音。

渔家傲·高第堂

六月莞城槌板响,忽闻高第嘉宾旺。四季香飘珍品赏。珠江浪,将军情志多豪爽。

绘事书缘人俯仰,空山新雨摩诘唱。艺韵梨檀情趣向。可园上,新茶老酒悠闲酿。

注:①作于2013年6月25日。
高第堂,永潮友于其家乡东莞设立的美术馆及艺术品拍卖公司。
②"香飘四季""将军情怀""绘事后素""空山新雨""梨檀艺韵"分别为高第堂几次拍卖会的主题。
③摩诘,唐代大诗人王维(701—761),字摩诘。

满江红·咏灵渠

　　五岭逶迤,多形胜,水中山上。南北引,贯通千载,此湾精当。漓水悠悠八百里,湘江跌宕三千丈。问兴安,岁月几回环?无穷量。

　　秦渠筑,堪悲壮;贤与众,英灵葬。对清波白浪,念叨君相。古树吞碑成趣事,贪婪劣政休轻妄。唤伏波,今日可重来,还开创。

注:①作于2013年8月10日,步郭沫若韵。

灵渠,位于广西兴安县境内,始建于公元前214年,是连接漓江和湘江、沟通珠江水系和长江水系的古运河。

郭沫若《满江红·灵渠》:"北自长城,南来质,灵渠岸上。亲眼见,秦堤牢固,工程精当。闸水陡门三十六,辟湘铧嘴二千丈。有天平大小,溢洪流,调分量。湘漓接,通汉壮,将军墓,三人葬。听民间传说,目空君相。史禄开疆难复忆,猪龙作孽忘其妄。说猪龙,其实即祖龙,能开创。"

②灵渠上有四贤祠,纪念开凿和完善灵渠有功的秦监御史禄、汉伏波将军马援、唐桂管观察使李渤、防御使鱼孟威4人。

③八,古入声字,用今音。

一剪梅·读柳永

独自凭栏烟水长。楚馆秦楼,尽日疏狂。等闲莫道是悲凉。千种风情,词律悠扬。

浪迹天涯未断肠。忍把浮名,醉里徜徉。东南形胜看钱塘。憔悴斯人,几许风光。

注:作于2013年8月15日。
柳永,北宋著名词人,其词对宋词的发展有重要影响。

满江红·游华山

　　渭水西来,秦川望,去天五尺。拔地起,少华风韵,大河节律。放眼五峰红日近,骋怀丹谷云霞积。一线天,千丈细丝悬,惊今昔。

　　凉风起,光彩溢;秋雨落,秦腔识。对挑山老汉,巨灵沉寂。见惯江南春景色,却奇西岳峥嵘饰。且徐行,玉女洗头盆,麻姑忆。

注:①作于2013年9月22日。
华山,五岳之西岳,位于陕西省渭南市,海拔2160米,为五岳之最。
②少华,即少华山,道教名山,与华山峰势相连。

满庭芳·赋高第堂

　　南岭长青，东江潇洒，莞城形胜无双。运河相伴，高第聚一堂。多少诗情画意，板槌响，尽领风光。君不见，小楼别致，庭院谱华章。

　　凤凰。宾客会，梨檀艺韵，四季飘香。对新雨空山，用舍行藏。咫尺可园有意，且携手，莞草芬芳。频繁顾，枇杷晚翠，韵味满城乡。

注：①作于2013年10月15日。
永潮兄的高第堂新楼，位于东莞莞城运河边上，与广东四大名园之一的可园隔河相望。高第堂又称"凤凰美术馆"。
②一，古入声字，用今音。

篇目索引

一剪梅	重庆两江夜游	101
	布拉格	190
	胡雪岩故居	319
	读柳永	340
卜算子	重到好莱坞	208
	读杜牧	316
八声甘州	谒西夏陵	093
	听"九·一八"警报声	182
	咏昆仑关	230
	游敦煌	252
	赋大鹏所城	305
	交河故城	329
千秋岁	谒黄帝陵	068
	厦门鼓浪屿	120
	咏瞿秋白	279
	读白居易	293
	读曹操	332
	读《离骚》	337
木兰花令	中元节	032
	拜读《海平吟草》	050
	观赏东京奥运会开幕式	075
	咏中国女排	076
	游巽寮湾	080

	印象石柱 ……………………………	098
	喜看钟南山等获表彰 ………………	133
	大　寒 ……………………………	152
	《中国诗词大会》观感 ……………	156
	热气球之旅 ………………………	161
	深圳感怀 …………………………	177
	黄石公园 …………………………	209
	涠洲岛 ……………………………	231
	富士山 ……………………………	243
	南社古村 …………………………	248
太常引	巽寮湾夕阳 ………………………	027
	访白崇禧故居 ……………………	062
	维也纳 ……………………………	189
	德天瀑布 …………………………	205
	莫斯科红场 ………………………	258
少年游	贺友人履新 ………………………	196
	惠东赏梅 …………………………	236
	上欧洲 ……………………………	310
	游安徒生故居 ……………………	312
风入松	连州闻刘郎 ………………………	036
	上南粤第一峰 ……………………	037
水调歌头	读《岐下庐诗文稿》 ……………	026
	合川钓鱼城 ………………………	034
	沙坡头读王维 ……………………	086
	咏《鹊华秋色图》 ………………	131

	读李贺	151
	博斯普鲁斯海峡	163
	雨中游避暑山庄	167
	读《诗经》	219
	观赏炳章兄摄影作品	269
	登睦南关	327
水龙吟	游古龙峡	022
	赋水洞沟	089
	读王安石	176
	读范仲淹	193
	咏湘湖	245
生查子	感　时	090
	冬　至	092
永遇乐	读苏东坡惠州诗	113
	肇庆七星岩	223
汉宫春	听马友友	002
	端午潮州	024
西江月	忆初游庐山	108
	次韵育毅友	115
	醉蝴蝶	117
	致美昌友	124
	叶挺故居	172
	雪中游奈良	242
	游圣彼得堡	257
	过白水寨	267

	观赏里约奥运会开幕式 ……	285
	贺安思颖画展 ……	314
	游恩施大峡谷 ……	315
	盘　山 ……	035
行香子	观赏北京冬奥会 ……	007
	游沙湖 ……	087
	罗浮山 ……	110
	游荔枝湾 ……	157
	随沈从文湘西行 ……	184
	望星空 ……	266
	观赏《印象刘三姐》 ……	291
	德明兄圆梦教育 ……	334
江城子	梅沙观海 ……	056
	游大观楼 ……	202
	端州阅江楼 ……	224
	凤凰古村行 ……	238
	真武阁 ……	274
	齐齐哈尔印象 ……	033
	湟川三峡 ……	039
阮郎归	教师节感怀 ……	181
	横州游 ……	225
好事近	雨中过越城岭 ……	065
	感　怀 ……	207
	科罗拉多大峡谷 ……	211
沁园春	咏辛弃疾 ……	260

	读欧阳修	284
	华南第一峰	288
	读陶渊明	331
	走河源	043
诉衷情	游金沙湾	220
	参观衡阳保卫战纪念馆	251
	月牙泉	253
苏幕遮	端午随想	023
	游大雁塔	078
	参观黄埔军校旧址	082
	簧门眹	118
	端　午	123
	雨中游鹿嘴山庄	128
青玉案	西部影城	091
	故乡三月三	109
	岚山瞻仰周恩来诗碑	241
	回宜州	256
	致建生兄	292
	致兵团友	328
	读《诸葛亮传》	333
采桑子	辛丑清明	059
	甘坑小镇	194
	杭州筑梦小镇	247
	永定土楼	278
念奴娇	黄崖关长城	014

	登西安城墙	069
	听贝多芬《第五交响曲》	107
	雅典卫城	280
	咏杜甫	318
定风波	《人世间》观后	010
	读普希金	153
	重读文天祥正气歌	179
	旅顺口	228
	谢尔盖耶夫小镇	259
	天山天池	330
南乡子	雨水感怀	008
	桂林·晚晴	016
	逢世界读书日	017
	春夜喜雨	053
	罗浮山	135
	海河夜游	168
	过梧州	192
	咏桂平西山	203
	游南海	233
	重读陆游	263
	观赏《芳华》	268
	观黄宾虹书画展	287
	佛　山	295
	咏柳江	297
	游西双版纳	304

南歌子	苦乐少年	013
	清明节	015
	香港回归25周年寄怀	028
	观赏贺兰山岩画	088
	迎惊蛰	106
	致敬恩师	119
	立春·除夕	154
	台风"韦帕"过后	174
	澄江夜景	198
	南头古城	239
	游遇龙河	289
	金秀印象	303
	诺贝尔故居	311
	花山岩画	326
洞仙歌	读《泰戈尔诗选》	145
	读周有光《拾贝集》	164
	瞻仰中山纪念堂	237
	读李清照	307
	柳侯公园咏柳宗元	317
贺新郎	听柴可夫斯基《第一钢琴协奏曲》	055
	听贝多芬《第六交响曲》	111
	合浦东坡亭读苏东坡	206
	戊戌回首	234
	咏嘉峪关	254
	游三坊七巷	302

临江仙	元　旦	001
	致沪上友人	018
	喜相逢	029
	"雨水"随想	054
	参观湘江战役纪念馆	063
	谒乾陵	072
	二月二·龙抬头	105
	九华山	142
	游塞尔维亚	162
	送我上青云	180
	瞻仰腾冲国殇墓园	201
	师生缘	214
	读杜甫	232
	观音山	240
	橘子洲头	323
	致纯梓兄	325
	悼江泽民同志	042
点绛唇	走梅沙	216
浣溪沙	寒雨新春	005
	清远马头山	021
	龙舟雨	025
	记　梦	052
	洞天酒海	064
	读杜牧	079
	呈　坎	139

	宏　村	140
	西　递	141
	己亥处暑	178
	重读李商隐	215
	西樵山	294
	咏合浦	298
	鼓　岭	301
	观澜版画村	324
	为退休作	335
桂枝香	赋深圳湾	009
	木星遐想	020
	听贝多芬《月光》	129
浪淘沙	重游壶口瀑布	066
	银川秋色	085
	《荒岛余生》观后	125
	广州沙面	158
	特洛伊遗址	160
	布达佩斯	187
	过金田	204
	羚羊彩穴	210
	观赏苏炳添亚运夺冠	218
	长城第一墩	255
	沙角炮台	270
	读文天祥正气歌	321
破阵子	观俄乌战事	011

	访李宗仁故居	061
	观赏米开朗基罗《创世纪》	084
	听《马刀舞曲》	103
	观赏《阿南画廊》	116
	龙舟水	121
	贺"天问一号"发射成功	126
菩萨蛮	感　时	031
	叹兵马俑	073
	谒乐山大佛	096
	咏"一箭九星"海上发射成功	134
	贺深圳经济特区建立40周年	137
	观赏《流浪地球》	155
	尼亚加拉大瀑布	212
	台风"山竹"来袭	221
	杭州飞来峰	246
	从深圳到基督城	264
	罗马斗兽场	281
	南海1号	299
	观卡塔尔世界杯	041
望江南	故乡游	197
望海潮	咏南头古城	058
	游黄山	138
	咏山海关	165
	咏大理	275
清平乐	大暑感怀	030

	记　梦	083
	鼎湖山	227
	樱　花	265
渔家傲	腊八节	003
	咏延安	070
	读挺南兄《父母亲的故事》	114
	酬友人赠《紫烟寮诗笺》	130
	读《雨果诗选》	144
	赠德明兄	146
	嫦娥四号登月	150
	秦皇岛	166
	赠友人	185
	丁酉岁暮感怀	195
	读《老人与海》	229
	南岳衡山	249
	观女排里约奥运会夺冠	286
	访李济深故居	296
	基诺山寨	336
	高第堂	338
虞美人	贺友人新著	099
	读龚自珍	183
	和育毅重阳词	186
	观赏"古代、近代深圳展"	271
满江红	咏骊山烽火台	067
	访三苏祠	097

	读梁启超	171
	石鼓书院	250
	佛罗伦萨	283
	神农架	309
	咏灵渠	339
	游华山	341
满庭芳	咏李白	004
	龙脊梯田	060
	听贝多芬《第九交响曲》	104
	程阳风雨桥	191
	越秀山	322
	赋高第堂	342
踏莎行	立春逢冬奥会	006
	赠熙远	051
	观2021深圳花展	057
	游西安碑林	074
	欣闻《刘三姐》唱响国家大剧院	112
	合江楼	136
	珠江夜游	159
	游大容山	173
	巴拉顿湖	188
	小　暑	213
	大连棒槌岛	222
	珠江源	273
	古田会议旧址	276

	连州地下河	038
鹊桥仙	土家女儿会	313
蝶恋花	青年节随想	019
	教师节述怀	081
	重游成都	102
	听肖邦	127
	篁岭晒秋	143
	洪湖赏荷	170
	鹏城元宵	199
	腾冲春景	200
	观赏《朗读者·故乡》	217
	苏　堤	244
	元　宵	272
	长汀行	277
	威尼斯	282
	游巴厘岛	300
	连南瑶寨	308
鹧鸪天	三　月	012
	致老胡	071
	观赏凡·高油画	077
	己亥除夕感怀	100
	感　时	122
	读李音《钢琴城事》	132
	石家大院	169
	港岛烟尘	175

	都峤山	226
	读洛神赋	261
	赠曹郎	262
	龙潭古寨	290
	东莞可园	306
	游乌镇	320
	南岗千年瑶寨	040
七律	贺友人生日	044
	酬晓帆致谢诗	045
	听友人讲赵一曼	046
	赤湾古炮台	047
	致炳庚兄	094
	次韵晓帆伉俪	235
	访林则徐故居	147
	自　勉	048
	即　日	049
七绝	步晓帆韵以谢	095
	喜炳庚蝉声文	148
五律	酬晓帆致谢诗	149